엄마, 이젠 울지마

엄마, 이젠 울지마

초판 1쇄 발행 2024년 4월 1일

지은이 양혁재
펴낸이 정성욱
펴낸곳 이정서재

편집 정성욱 이금남
마케팅 정민혁
디자인 김지현

출판신고 2022년 3월 29일 제 2022-000060호
주소 경기도 고양시 덕양구 무원로6번길 61 605호
전화 031)979-2530 | FAX 031)979-2531
이메일 jspoem2002@naver.com

ⓒ 양혁재, 2024
ISBN 979-11-982024-8-2 (03810)

여러분의 소중한 원고를 기다립니다.
jspoem2002@naver.com

우리 엄마의 마음속에는
무지개가 들어 있어요.
바람 불고 비가 온 뒤에도
언제나 일곱 빛깔 무지개로
아름답게 피어나지요.

"엄마 이젠 울지 마세요."

이정
서재

봉사의 기쁨

매서웠던 겨울 추위를 뒤로하고 마침내 봄이 찾아왔다. 한적했던 길가에도 꽃들이 기지개를 켜고 있다. 얼마 후면 생명력을 가득 실은 봄꽃들이 만개할 것이다.

거리에 핀 꽃들을 바라보면서 힘든 겨울을 보내셨을 〈마냥 이쁜 우리맘〉 어머님들을 떠올린다. 희고 고왔던 손등에 잔주름이 가득하고 허리가 휘어지실 때까지 일손을 놓지 않으셨던 어머님들을 생각하면 눈물이 앞선다.

지금껏 내가 만났던 어머님들은 평생 가족들을 돌보고 일하시느라 다리가 아파서 꽃구경 한번 제대로 해보시지 못했다. 하루빨리 무릎과 허리를 고쳐드려서 돌아오는 봄날에는 마음껏 꽃구경 가실 수 있도록 도와드려야겠다는 계획을 세웠다.

누군가를 돕는다는 것, 그것보다 더 행복한 삶은 없다는 걸 〈마냥 이쁜 우리맘〉 프로젝트를 통해 알았다. 그렇지만, 의사로서 봉사에만 매달릴 수는 없었다. 매일 병원을 찾아오시는 환자들도 내게는 매우 소중한 분들이다. 늦은 저녁 진료를 마치고 지친 몸을 이끌고 집으로 돌아가면 그대로 깊은 잠 속으로 빠지기 일쑤였다. 무엇보다도 가족들이 많이 걱정하고 있다.

그러나 어쩌랴! 내가 의료봉사를 하지 않는다면 우리 어머님들의 아픈 다리를 누가 치료해 준다는 말인가? 대부분의 어머님들은 돈이 없어서 제때 치료를 못 받고 방치해서 하루하루 고통 속에서 살고 계시는데 그런 생각이 들자 가슴이 답답해졌다. 그럴 때마다 누구보다 격려를 아끼시지 않은 분은 바로 나의 어머니였다.

"내가 너희 아버지가 돌아가셨을 때 제일 아쉬웠던 것은, 아버지가 남은 가족들의 생계를 걱정해서 제때 치료를 받지 못했다는 것이다. 우리나라에는 너희 아버지처럼 형편이 어려워서 치료를 제때 받지 못해 고통받는 이들이 아직도 많다. 나는 우리 아들이 의료 사각지대에 놓인 어려운 이들을 위해 의료봉사하고 있다는 사실이 얼마나 자랑스러운지 모른다. 이것은 나의 뜻이 아니라 돌아가신 너희 아버지의 뜻이고 하나님의 뜻이다."

나는 어머니로부터 그런 말씀을 들을 때마다 힘들다는 내색조차 하지 못했다. 그럴수록 마음을 굳게 먹었다.

"세상에 힘들지 않은 봉사가 어디 있겠어. 이태석 신부가 머나먼 아프리카의 오지 마을에서 자신의 모든 걸 내려놓고 의술과 하나님의 사랑을 실천한 것에 비하면, 나의 의료봉사는 아무 것도 아니다."

그런 생각이 일자 갑자기 부끄러워졌다.

성경의 '요한복음'에 보면 이런 구절이 있다.

"내가 너희를 사랑한 것 같이 너희도 서로 사랑하라. (요한복음 13:34)"

예수님이 돌아가시기 전 최후의 만찬에서 제자들의 발을 씻어 주시면서 하나님의 사랑만을 겸손하게 드러내었듯이 참된 봉사는 예수님처럼 하나님을 드러내는 것이지 자신을 드러내는 게 아니다. 이것은 곧 낮은 자리에서 이웃에게 봉사하라고 일러 주신 것이다. 그렇기에 하나님의 마음처럼 봉사하지 않으면 오래가지 못한다.

인간은 자신이 하나님으로부터 받은 은혜를 어려운 이들을 위한 봉사를 통해 갚아야 할 의무가 있다. 나에게 주어진 시간, 내가 가진 모든 재물과 능력들은 하나도 내 것이 아니다. 다만 내가 받은 걸 하나님께 되돌려 드리는 것뿐이다. 그렇기에 내가 오지의 아픈 어머님들을 치료하고 아픔을 함께 나누는 것은 곧 하나님의 뜻이기도 했다. 그런 생각이 미치자 그지없이 마음이 편안해졌다.

게다가 〈마냥 이쁜 우리맘〉 프로젝트를 실천하면서 느낀 것은 하면 할수록 힘들지만, 마음만은 매우 즐겁다는 것이다.

봉사라는 건 시간이 나고 생활의 여유가 있을 때 하는 것이 아니다. 그럴 바에야 차라리 하지 않는 것이 좋다. 내가 의료봉사를 의무감이나 체면 때문에 억지로 했던 것도 아니고 나를 드러내기 위해 시작한 일도 아니다. 만약, 그런 마음으로 봉사를 시작했다면 나는 진작 지쳐 버렸을지도 모른다.

어쨌든 나는 비수술부터 수술까지 아우르는 다양한 치료를 통해 하루라도 빨리 어머님들의 건강을 되찾아드려 즐겁고 행복한 마음으로 만개하는 봄꽃들을 마주하게 해드리는 것이 내가 수립한 작은 목표였다. 이를 위해선 앞으로 더욱더 최선을 다해 전국 팔도 방방곡곡의 어머님들을 만나고, 아들의 마음으로 정성껏 치료해 드려야겠다는 마음을 다진다.

이제 곧 시작될 봄의 향연. 건강해진 어머님들은 찬란한 봄꽃을 만끽하실 수 있을 것이다. 꿈도 꿀 수 없었던 봄꽃 나들이를 떠날 수 있게 된 우리 어머님들의 표정을 가까이서 지켜보고 싶다. 얼마나 행복하실까, 좋으실까, 기쁘실까. 어머님들의 상기된 표정과 설레는 마음을 생각하니 내 마음이 행복해진다.

끝으로 휴먼다큐 〈마냥 이쁜 우리맘〉 프로젝트를 함께 했던 배우 우희진 씨, 강성연 씨와 OBS 경인 TV 그리고 스태프들에게도 깊은 감사를 드린다. 그분들의 열화같은 응원과 헌신이 있었기에 이 방송이 많은 시청자들에게 큰 공감을 얻을 수 있었던 것 같다.

2024. 3월
정형외과 전문의 양혁재

차례

끊임없이 사랑하고 실천하라

진정한 의사의 길

어느 날 늦은 저녁, 위급한 환자의 수술을 집도하고 난 뒤, 잠시 진료실 한 모퉁이에 지친 몸을 의자에 기대고 있다가 깊은 잠속으로 빠져들었다. 늘 겪는 피로감이었지만, 그날만은 다른 날과는 달리 무척 피곤했다. 눈을 뜨자 환자를 돌보는 간호사들만 몇이 남아 있었다. 진료실에는 적막감이 감돌고 있었다.

나는 평소 밤에는 잘 마시지도 않는 커피를 마시기 위해 커피포트에 물을 끓이고 난 뒤 의자에 앉아서 두 손으로 이마를 감싼뒤 깊은 생각에 빠졌다. 그동안 진료와 수술을 반복하느라고 심신이 녹초가 된 상태였다. 하지만 그런 나를 뒤돌아볼 시간적인 여유조차 없었다. 과연, 이 길이 내가 걸어가고 싶었던 길일까? 어떤 길이 진정한 의사의 길일까? 한순간 회의가 몰려왔다.

그랬다. 지난 이십여 년 동안 의사라면 누구나 그러겠지만, 그들처럼 나 역시 정형외과 전문의의 길을 묵묵히 걸어왔다. 그런데 갑자기 깊은 회의가 밀려왔다. 앞으로도 이대로 다람쥐 쳇바퀴 돌아가듯 살아가야 할 것인가? 세상에 좀더 의미 있는 의사의 길은 없을까? 갑자기 나는 깊은 고민에 빠져들었다.

그 순간 섬광처럼 의사 한 분이 머릿속을 스쳐 지나갔다. 이태석 신부였다. 그리고 슈바이처 박사, 장기려 박사, 나이팅게일 간호사의 일화가 연이어 떠올랐다.

"그래 나도 의미 있는 일을 한번 해 보자. 그것이 진정한 의사의 길이 아니겠는가?"

내가 이런 마음을 먹게 된 동기에는 교회를 다니면서 봉사활동을 많이 하셨던 나의 어머니의 영향이 무엇보다도 컸다. 게다가 인턴 시절 동료 의사들과 함께 배로 다섯 시간에 걸쳐서 도착한 서해의 작은 섬인 오지 마을에서의 의료봉사 때의 경험 때문이었다. 나는 그 시절을 떠올렸다.

봉사를 나선 곳은 '우리나라에도 이런 곳이 있을까?' 차마 내 눈이 의심스러울 정도로 오지 중의 오지 마을이었다. 그뿐만이 아니었다. 젊은이들은 눈 씻고 찾아봐도 없고 60대 이상의 어르신들뿐이었다.

여든은 족히 드신 할머니 한 분이 불편한 다리를 절룩거리면서 내게로 걸어왔다.

"의사 선생님. 정말 무료로 치료해주는 게 맞소?"

나는 빙그레 웃으면서 대답했다.

"할머니 그렇고 말고요. 어디가 불편하신가요?"

"허허, 아픈 데가 어디 한 군데뿐인가. 여기도 아프고 저기도 아프고 이제는 무릎조차 아파서 나 댕길 수도 없네."

할머니의 얼굴에는 아픈 표정이 역력했지만, 어린아이처럼 천진난만함이 엿보였다.

"아이고 고맙네. 그려."

내가 가운을 입고 진료를 시작하자 어르신들이 줄을 서기 시작하더니 끝도 없이 이어졌다. 처음엔 가구 수가 아주 적은 마을이라서 환자가 있을까 싶었지만, 한갓 기우였다. 의료봉사가 있다는 소식에 근처 섬들에서 배를 타고 오신 어르신들도 있었고, 자녀들이 휠체어와 자전거에 모시고 오신 어르신들과 심지어 경운기를 타고 오신 어르신들도 있었다.

나와 동료들은 마을회관 책상에 의료 기구를 올려놓고 진료를 보기 시작했다. 첨단 의료 기구가 없는 상태라서 진료를 보기가 매우 힘들었지만, 환자들의 상태에 따라 추후 처방을 내리기로 했다. 문제는 그것만이 아니었다.

어르신들의 대부분이 퇴행성관절염이나 척추관협착증을 앓고 있었는데 증상이 매우 심각했다. 허리가 45도로 꼬부라진 분도 있었고 심지어 90도로 굽은 분도 있었고 다리가 휘어져 지팡이나 유모차에 의지하여 오신 어르신들도 있었는데 혼자서는 걸을 수 없는 분들이 대부분이었다.

"어떻게 이 지경이 되도록 아픔을 참고 지내셨을까?"

어르신들은 어려운 형편 때문에 병원 진료는 물론, 약조차 제대로 처방받지 못하고 있었다. 관절이나 척추가 아파도 겨우 할 수 있는 처방은 파스를 붙이거나 뜨거운 물로 찜질하는 수준이었다. 이것만으로 근본적인 통증이 사라질 수는 없었다.

나는 진료를 보면서 눈가에 눈물이 흐르는 것을 느꼈다. 세계에서도 손꼽힐 정도로 의료보험이 잘 된 대한민국에서 아직도 이런 의료복지 사각지대가 있다는 것이 도무지 믿기지 않았다.

문제는 예방책이었다. 한 번 고장이 난 몸은 기계처럼 잘 고쳐지지 않기에 평소에 예방을 잘해야 한다. 관절과 척추는 더 그렇다. 비교적 젊은 60대 초반의 아주머니들조차 제대로 관리하지 못해 지팡이나 스틱 없이 움직이지 못하는 등 관절염 증상을 앓고 있었다.

나는 그분들을 보자, 안타까운 마음이 들어 다시 한번 그들을 찾아와 진료하겠다는 결심을 했다.

그날, 나는 진료를 마치고 돌아오면서 서해의 일몰을 바라보왔다. 아름다운 저녁 노을이 바다를 적시고 있었다. 그때 난생처음, 말할 수 없는 즐거움을 느꼈다. 외려 마음이 뿌듯했다. 비록 지금은 의술이 부족한 인턴이지만 나중에 전문의가 되면 그들을 위해 봉사하리라고 다짐했었다. 그리고 20여 년이라는 세월이 훌쩍 흘렀다. 그런데도 나는 그들을 위해 아무것도 하지 않았다는 사실을 알게 되었다.

"그래, 그분들을 위해 의사로서 의로운 일을 하자. 이태석 신부처럼, 슈바이처 박사처럼, 장기려 박사처럼, 나이팅게일 간호사처럼."

그 길이 내가 걸어가야 할 길이다. 그러나 그런 마음을 먹고 실천하기까지 많은 시간이 훌쩍 지나갔다.

뜻밖의 방송 제안

그러던 중 어느 날이었다. OBS 경인 TV에서 뜻밖의 프로젝트를 제안했다. 그 프로젝트는 전국 방방곡곡의 오지 마을을 돌면서 몸이 불편하거나 아픈 어르신들을 치료하는 의료봉사활동이었는데 말하자면, 내가 의사 아들이 되는 것이었다.

물론, 혼자 떠나는 게 아니라 유명연예인과 배우 등이 한 팀이었다. 재미있는 프로그램이라는 생각이 들었다. 그렇지 않아도 인턴 때 서해 오지 마을에서 의료봉사를 했던 행복한 기억이 있어서 언젠가는 오지의 아픈 어르신들을 위해 의료봉사하겠다는 마음을 항상 가슴속에 품고 있었던 차였다.

하지만 말처럼 진료가 많은 현역 의사가 개인 시간을 쪼개서 매주 전국 방방곡곡의 오지 마을을 찾아다니며 의료봉사한다는 것은 결코 쉬운 일이 아니었다. 그런데 나는 그 어떤 고민도 하지 않고 단번에 결정해 버렸다.

서울 강남에 메드렉스병원을 개업한 뒤로 날로 늘어나는 환자들을 돌보기도 힘든데 주말마다 오지를 찾아서 어르신들에게 의료봉사하는 일은 누가 보아도 힘든 일이었다.

특히 함께 근무하는 동료 의사 선생님들은 물론, 아내의 반대도 심했다. 주중에 밀려드는 환자들의 진료와 수술을 감당하는 것도 벅찬데 쉬지 못하고 매주 오지 마을로 의료봉사를 간다는 건 사실상 무리라는 얘기였고, 아내 역시 나의 건강을 걱정했다. 그들의 염려는 너무나 당연했고 설득하기도 힘들었다.

그렇지만 의사의 길이란 어떤 길인가. 나는 이태석 신부처럼 아니, 그분처럼 하지 못하더라도 적어도 의사로서 의미 있는 일을 평생에 꼭 한번은 해 보고 싶었다. 그게 의사의 사명이라는 생각을 했다.

며칠 후 나는 동료 의사 선생님들과 직원, 간호사님들 앞에서 OBS 경인 TV의 프로젝트 구상을 이야기하면서 설득했다. 아내에겐 추후에 통보만 할 생각이었다.

"저에게는 소원이 하나 있습니다. 인턴 시절 우연히 서해의 섬마을에 의료봉사를 갔던 적이 있었습니다. 그곳에 사는 어르신분들의 대부분이 오랜 노동으로 인해 무릎과 다리에 심한 관절

염을 앓고 있었고 척추가 굽어 잘 걷지도 못하고 있었습니다. 자식들은 대부분 도시나 육지로 나가 어떤 도움조차 받지 못했습니다. 저는 그 현장을 눈으로 보고 나중에 정형외과 전문의가 되면 반드시 그분들을 돕겠다는 생각을 했습니다."

그때 동료 의사 선생님이 강하게 반대했다.

"원장님, 밀려드는 환자로 인해 일손이 많이 부족합니다. 어쩌다 한두 번은 괜찮지만 매주 강행하는 것은 힘들지 않을까요?"

말문이 딱 막혔다. 일리 있는 지적이었다. 그렇다고 뾰족한 수가 나지 않았다. 하지만 나의 결심을 흔들 수는 없었다.

"병원에 최대한 피해가 가지 않도록 노력하겠습니다. 이보다 보람 있는 일이 또 어디 있겠습니까?"

내가 이런 마음을 가지게 된 건 돌아가신 아버지와 지금도 교

첫번째 이야기

회에서 사회봉사를 실천하고 계시는 어머니의 영향이 가장 컸다. 1남 2녀 중 막내였던 나는 누나들보다 아버지의 사랑을 독차지하면서 자랐다. 아버지는 늘 "사랑한다. 우리 아들 최고다."라고 말씀하셨다. 내가 뜻하지 않게 사고를 치거나 잘못을 저질러도 늘 용서해 주셨다. 그런 내겐 아버지는 하늘이었으며 커다란 숲이셨다.

그렇게 나를 사랑하던 아버지가 어느 날부터, 안색이 좋지 않았다. 병원에 입원하는 일이 부쩍 잦아졌고 시간이 지날수록, 쇠약해지셨다. 그때부터 아버지는 암 투병 생활에 들어갔다.

내 나이 불과 11살, 초등학교 4학년이었다. 병석의 아버지를 위해 내가 할 수 있는 일은 그저 바라보는 것만이 전부였다. 어머니도 덩달아 몸이 수척해졌다. 가슴이 답답하고 원통함이 밀려왔다.

나는 의사 선생님을 붙잡고 "우리 아버지 낫게 해주세요."라며 매달렸고 교회에 가서 하나님께 기도했다. 그러나 나의 간절한 기도는 허망하게 사라졌다.

그때 나는 의사가 되겠다고 결심했다. 왜냐하면, 내가 의사가 되면 어떻게 하더라도 아버지의 병을 고칠 수 있다는 희망 아닌 희망을 품을 수 있다는 생각 때문이었다. 하지만 내가 아무런 도움이 되지 못하는 사이 아버지는 하나님 곁으로 떠났다. 세상이 원망스러웠고 내가 원망스러웠다.

그때 아버지가 내게 일러 주신 유언이 있다.

"항상 정직하게 살아가거라. 훌륭한 의사가 되어 항상 남을 위하고 돕는 사람이 돼라."

어릴 적 아버지의 꿈은 의사였다. 그러나 할아버지의 오랜 투병 생활로 인해 집안의 가세가 기울어서 어려운 가정 형편 때문에 의사의 꿈을 접고 전액 장학금을 받을 수 있는 해군사관학교에 입학한 뒤 KAIST에서 제1회 박사학위를 받고 국방과학연구소에서 근무하셨다. 아버지는 국가에서 장학금을 받고 공부했으므로 나라에 도움이 될 만한 일을 해야 한다고 하시면서 평생 국가에 헌신하는 마음으로 살아오셨다.

그날 나는 우리 직원들과 동료 의사들에게 우리 아버지가 살아오셨던 이야기를 들려주었다. 그들의 눈가에 눈물이 맺혔다.

"알겠습니다. 하시고 싶은 일은 하셔야지요. 뜻깊은 일이니 저희도 돕겠습니다."

"이왕 시작하는 의료봉사이니 병원에 피해가 안 되도록 최선을 다하겠습니다."

갑자기 병원 휴게실에 웃음꽃이 피기 시작했다.

의대에 입학하다

　나는 어린 나이에 아버지가 하나님 곁으로 가시고 이 세상에 안 계신다는 사실을 받아들이기가 무척 힘들어서 한동안 방황했다. 그런 나를 잡아 주신 분은 바로 어머니였다. 누구보다도 가슴 아팠던 분은 사랑하는 남편을 먼저 떠나보낸 당신이었을 것이다. 그걸 우리 어린 남매들이 알 리가 없었다. 그러나 어머니는 자식들 앞에서 그런 내색을 조금도 보이지 않으셨다.

　아마 당신께서는 돌아가신 아버지에 대한 그리움보다는 앞으로 1남 2녀를 남부럽지 않게 잘 키워야 한다는 막중한 책임감에 시달렸을 것이다. 그걸 나는 고등학생이 되고 난 뒤에야 비로소 깨닫게 되었다.

　무엇보다도 여자 혼자의 몸으로 1남 2녀를 키우기란 쉽지 않앓을 것이다. 가정주부로서만 살아오신 당신에게 당장 급한 건 자식들에게 들어가는 학비와 용돈이었다. 아버지가 남긴 얼마간의 돈으로 한두 해는 버틸 수 있었겠지만, 쉽지는 않았을 것이다.

더구나 남편이 가정 형편이 어려워서 꿈이었던 의사의 길을 접었던 것처럼, 당신 아들도 그런 전철을 밟을까 봐 노심초사했을 것이다.

나는 의대에 진학할 성적이 나오지 않자 방황을 거듭했고 때로는 좌절했다. 그러다 보니 의사가 되는 길은 멀고도 험난한 길이 될 수밖에 없었다. 그럴수록 내게 용기를 북돋아 준 것은 돌아가신 아버지의 유언이었다.

"아들아 너는 의사가 되어 아픈 사람을 돕고 정직하게 살아라."

나는 새벽부터 저녁 늦게까지 도서관에서 이를 악물고 공부했다. 이것이 내가 부모님께 보답할 수 있는 유일한 길이었다. 문제는 주위의 시선이었다. 심지어 담임 선생님까지도 무리하게 의사가 되려고 하지 말고, 성적에 맞게 대학에 진학하라는 권유를 자주 했다. 어머니는 그런 나를 보고 늘 안타까워하셨다.

나는 그럴수록 더욱 열심히 공부했다. 그 후 두 번의 낙방을 했지만, 의대에 진학할 수 있었고, 마침내 흰 가운을 입었다. 그때 나는 아버지를 그리워하면서 한 편의 시를 노트에 썼다. 그 시는 지금도 내 노트 속에 추억처럼 고스란히 남아 있다.

눈에 넣어도 아프지 않았을
당신의 귀염둥이 아들이
아프고 힘든 사람들을 따뜻하게 살피고
치료할 수 있는 의사가 되었습니다.
당신의 아들이 의사가 될 수 있었던 것은
당신이 제게 주셨던 사랑 때문입니다.

그토록, 기다리던 합격이었다. 당시 어머니는 남편이 못 이룬 꿈을 당신의 아들이 이뤘다고 기뻐하셨는데 지금도 그 모습이 눈에 선하다. 그때 비로소 알게 되었다. 꿈을 버리지 않고 노력한다면 반드시 이루어진다는 사실을.

그런데 이제부터가 진짜 고생의 시작이었다. 6년에 걸친 의대 등록금과 학비, 의학 서적 등 학업에 들어가는 비용은 절대 만만한 것이 아니었다.

다들 아시겠지만, 의대 전공 책은 상당히 비쌌다. 졸업할 때까지 그걸 감당하기란 넉넉하지 않은 집안의 형편으로선 사실상 무리였다. 물론, 공직에 계셨던 아버지가 살아계셨다면 별 어려움이 없었겠지만, 그럴수록 어머니는 더 이를 악물고 돈을 버셨던 것 같다. 그리고 그 돈은 모조리 나의 등록금과 책값에 들어갔다. 그러니 내가 어떻게 열심히 공부하지 않을 수 있겠는가. 내가 지금까지 오지 마을의 어른들을 돕거나 어려운 환자들을 돕는 것은 그런 환경 때문임은 부인할 수 없다. 그 모든 것이 우리 부모님의 사랑 덕분이었음은 말할 필요도 없다.

인턴 시절은 더 힘들었다. 인턴은 전문의가 되기 위해 반드시 겪어야 하는 과정이다. 인턴은 1년 정도가 걸리고 전문의가 되려면 레지던트 생활을 4년 더 해야 한다. 물론, 인턴을 인간적으로 대우해주는 곳도 많지만, 배우는 과정이기에 무척이나 힘들다.

특히 정형외과 수술실의 인턴은 훨씬 힘들고 살벌하다. 정형외과 수술은 준비하는 과정이 복잡해서 인턴이 준비해야 할 것들이 많다. 게다가 상명하복의 문화가 철저하게 깔려 있어서 정신적으로도 매우 힘들다. 하지만 그것들은 모두 나를 강하게 만드는 길이었다. 그리고 5년이 흘러 마침내 정형외과 전문의가 되었다.

첫 진료를 맡았을 때 아버지 연배의 환자들을 만나게 되었다. 그때 아버지의 얼굴이 겹쳐 한동안 그분을 뚫어지게 바라본 적도 있었다. 그때 내 눈가엔 눈물이 맺혔다. 환자의 모습에서 그리운 아버지의 모습을 떠올렸던 것이다. 내가 늘 환자들을 가족처럼 친절하게 대하고 정성스럽게 치료할 수 있었던 건 이 때문이

첫번째 이야기

기도 하고 내가 의사로서 성장하게 된 첫 번째 이유이기도 하다.

서울의 요지 강남에 정형외과 병원을 개업하고 난 뒤 명의라는 입소문이 많이 난 덕분인지 경상도, 전라도, 제주도 등 국내는 물론, 러시아, 카자흐스탄, 미국에서도 환자들이 많이 몰려왔다. 그렇다고 진료 보는 일을 소홀히 할 수는 없었다. 지금도 수면 시간이 부족할 정도로 환자들을 많이 대하고 있고 각종 시술과 수술을 진행하고 있으나 마음만은 언제나 즐겁다.

지금도 나는 체력적인 한계에 부딪히고 힘들 때는 돌아가신 아버지를 떠올린다. 아마 나의 이런 모습을 보면 대견하게 생각하실 것이다. 그럴 때면 아무리 몸이 힘들고 지쳐도 가운을 입고 환자들에게 최선을 다한다.

그래야 천국에 계신 우리 아버지가 이런 말씀을 하실 것 같다.

"아들아 사랑한다. 그리고 고맙다."

우리 어머니의 홀로서기

어릴 적부터 글 쓰는 것을 좋아해 고등학교 시절에는 매일 일기를 썼다. 어머니는 아버지가 돌아가시고 난 뒤, 혼자서 자식들을 건사하기 위해 더 강해지셨다. 물론, 집안 경제도 무척 힘들었다. 그럴수록 어머니는 자식들에게 결코 나약한 모습을 보이시지 않았다. 그런 모습을 바라보는 아들의 마음도 말로 표현할 수 없을 정도로 힘들었다.

사실, 의대에 가겠다고 마음을 먹기는 했으나 성적이 신통치 않아서 절망한 적도 몇 번 있었으나 어머니의 쓸쓸한 모습을 옆에서 바라볼 때마다 나는 용기를 얻어서 더 열심히 공부했다. 효도라는 건 다른 데에 있는 것이 아니라 당신의 아들로서 내가 최선을 다해 원하는 의대에 합격하는 것뿐이라는 생각이 들었다.

하나님은 그런 나를 버리시지 않았다. 그리고 나는 마침내 삼수 끝에 의대에 합격했다. 그제야 어머니는 참았던 눈물을 한꺼번에 쏟아내었다. 그날 우리 모자는 함께 울었다.

나는 집으로 돌아와 일기장에 글을 썼다.

아버지 당신이 돌아가시고 난 뒤
어머니는 눈물을 보이시지 않았습니다.
아니 당신이 애써 눈물을 감추었던 것은
바로 나 때문이라는 걸
세월이 지난 지금에야 알았습니다.
나를 훌륭하게 키우기 위해
어머니 당신은 나약한 모습을 보이기 싫어서
애써 눈물을 감추었던 것입니다.
아버지. 당신의 아들이 의대에 당당하게 합격했습니다.
이 모든 기쁨을 아버지와 어머니께 드립니다.

지금도 나는 고등학교 시절 썼던 일기들을 보면서 눈물을 적신다. 그것은 고스란히 내 젊은 시절의 아픈 추억이기도 하지만, 내 삶의 일부이기도 하다. 그러나 돌이켜보면, 지나온 일들과 생각들은 오지 마을에서 의료봉사를 하는 것들과 결코, 무관하지

않다. 누구보다도 그들의 아픔을 내가 잘 알고 있기 때문이기도
하다.

아픔을 겪어보지 못한 사람은 잘 모른다. 이렇듯 당신 몸 하나
돌보지 않고 오직 자식을 훌륭하게 키우기 위해 고생했던 어머
니의 마음을 누구보다도 나는 잘 알고 있었다. 오지에 홀로 사시
는 〈마냥 이쁜 우리맘〉 어머님들의 마음이나 내 어머니의 마음
이 똑같다는 걸 나는 그제야 깨달았다. 어쩌면 이 땅의 모든 어머
님들이 그랬을 것이다.

지금 고등학교 시절부터 써 왔던 글들을 다시 쓰고 있다. 의
사가 되고 병원장이 되고 난 후에 그동안 바빠서 접어두었던, 아

니 접어두어야만 했었던 글쓰기를 다시 시작했다. 그렇다고 시인이나 수필가가 되려는 것은 아니다. 글이란, 사람의 내면을 정리하는 것이라는 생각이 들었기 때문이다. 더구나 〈마냥 이쁜 우리맘〉 프로젝트를 시작하면서 마음속에 쌓여 있었던 감동의 순간과 추억들을 그냥 두기에는 너무 아까워서 카카오 브런치(https://brunch.co.kr/@medrex)에 연재를 시작했는데 상당한 분량이 된 것이다.

지금도 휴식 시간만 되면 잠시 눈을 붙이는 대신 짬짬이 브런치에 글을 올리고 있다. 내 글을 구독하시는 분들도 의외로 많아져 그분들을 위해서도 펜을 놓지 않고 있다. 무엇보다도 프로젝트를 응원하시는 분들 덕분에 용기가 더 생기고 그들과 소통하는 순간이 가장 즐겁다.

사랑이 담긴 꽃편지

OBS 경인 TV 〈마냥 이쁜 우리맘〉의 첫 번째 방송 주인공은 옥선 어머님이었다.

자동차에 여러 가지 의료 기구를 싣고 스태프들과 함께 오지 마을을 향해 대장정을 나섰다. 나는 차 안에서 여러 가지 생각에 잠기기 시작했다. '과연 내가 의료봉사를 잘 해낼 수 있을까?' 반신반의하는 마음이 들었기 때문이다.

나와 스태프들이 파란 대문을 열고 농삿물이 잔뜩 쌓인 마당으로 들어서자 어머님은 나를 기다렸다는 듯이 아픈 다리를 절룩이면서 마당까지 걸어 나와 시원한 냉수 한 사발을 건네주셨다. 꿀맛이었다. 집 나간 친자식이 돌아오는 듯 무척이나 반가운 표정이었다.

"먼 길 온다고 힘들었제. 어찌 이리도 잘 생겼을고. 늦게라도 의사 아들을 얻어 참말로 기분이 좋네."

구수한 사투리를 톡톡 내뱉는 어머님의 세월 깊은 주름진 얼굴을 바라보면서도 나도 모르게 시선은 두 다리로 향했다. 어머님은 안방에서 주방으로 향하는 짧은 이동은 물론, 심지어 일어서고 앉는 간단한 동작에도 무척이나 힘들어하셨다.

'어떻게 저런 몸으로 평생을 사셨을까?'

그 모습을 보자 외려 마음이 너무 아팠다. 아마 진통 성분이 들어 있는 연고를 아픈 다리에 바르시면서 밤마다 밀려드는 고통을 스스로 견뎠을 것이다. 겪어보지 못한 사람은 그 아픔을 모른다. 그런데도 치료비 생각으로 인해 병원에 가실 엄두조차 내지 못했을 것이다.

아무리 위중한 병일지라도 초기에 발견하면 쉽게 고칠 수 있지만, 남편의 박봉으로는 아이들을 공부시키기조차 힘들어서 평생 들과 산으로 나가 나물을 캐거나 이웃집 농사일을 돕다 보니 무릎과 손가락에 무리가 가서 휘어지고 굽었다. 한푼이라도 더 벌어서 자식들을 건사해야 했기에 자기 몸을 돌볼 시간이 전혀 없었다. 그 사이 무릎 관절은 날이 갈수록 더 나빠졌다고 한다. 그때 내가 해드릴 수 있는 말은 아무것도 없었고, 그저 들을 뿐이었다.

나는 옥선 어머님의 사연을 다 듣고 난 뒤, 눈가에서 눈물이 흐르는 것을 느꼈다. 한 번 흘린 눈물은 시간이 흘러도 끝내 멈추지 않았다.

"울라고 내가 한 말이 아닌데."

그날 어머님은 울고 있는 나를 따뜻하게 다독여주었는데 오히려 내가 마음의 위로를 받고 있었다. 우리 어머니가 나를 힘들게 키우신 것처럼, 옥선 어머님도 자식들을 위해 평생을 사셨을 것이다. 게다가 휘어진 다리와 아픈 무릎은 자식을 키운 것에 대한 훈장 같은 것인 줄도 모른다. 그렇다고 자식들만 무조건 탓할 수는 없다. 그들도 힘든 삶을 살고 있기 때문이다.

점심때가 되었다. 어머님은 의사 아들이 온다는 소식에 며칠 전부터 소고기보다 영양가가 높다고 소문난 봄철의 싱싱한 두릅을 따기 위해 불편한 다리를 이끌고 산을 오르내리면서 점심 밥상을 마련하셨다고 했다. 그 밥상에는 정성과 사랑이 듬뿍 담겨 있었다.

며칠 후 나는 어머님을 정밀 검사하기 위해 병원으로 모셨다. 생각보다 증상이 매우 심각했다. 무릎 연골이 다 소실되고 뼈마저 내려앉아서 앉기도 걷기도 힘들 지경이어서 인공관절 수술이 불가피했다.

더 큰 문제는 칠순의 노인이 장시간 수술을 견딜 체력이 있는

지가 염려스러웠다. 더구나 서울의 큰 병원에 오시는 것 자체가
처음이라 두려움을 떨쳐내는 게 급선무여서 먼저 마음을 편안하
게 해드리려고 무척 노력했다.

인공관절 수술은 무사히 마쳤고 예후도 좋았다. 수술 이틀만
에 휘어졌던 다리는 일자로 곧게 펴졌고 지팡이에 의존하지 않
고도 온전히 걸을 수 있게 되었다. 나는 안도의 한숨을 쉬었다.

"어머님 이젠 괜찮으시죠? 중요한 것은 재활입니다. 조금씩
걷기 운동을 하셔야 합니다."

"이게 꿈이여 생시여. 정말 고마움을 평생 어찌 다 갚을 수 있
을까? 내가 다시 걸을 수 있다니 정말 놀라워."

나는 옥선 어머님이 런웨이를 활보하는 슈퍼모델처럼 위풍당

당하게 걸을 수 있기를 간절하게 기원했다.

어머님이 퇴원하고 며칠 후, 외래를 오셨다. 그리고 내게 한 장의 편지를 내밀었다. 그것은 다름 아닌 남편의 편지였다.

양혁재 원장님 귀하

그동안 안녕하셨나요? 메드렉스병원에서 원장님을 뵈온지도 어언 37일이란 세월이 지나갔군요.

원장님의 정성 어린 치료 덕분으로 집사람이 정상인과 같은 삶을 살게 되어 무엇보다도 감사하고 고맙다는 인사를 드립니다.

너무나 방송국 관계자 여러분께도 고맙다는 인사를 드립니다.

아울러 배우 분께도 감사함을 금할 길이 없습니다.

끝으로 원장님의 건강과 행복이 가득하시기를 진심으로 기원하오며 이만 필을 놓겠습니다.

부디 원장님 하시는 일이 번창하시기를 진심으로 기원합니다.

남편분이 직접 연필로 한 자 한 자 꾹꾹 눌러서 쓴 눈물의 편지였다. 나는 편지를 읽으면서 봉사의 기쁨을 느꼈다. 지금도 나는 그 편지를 보관하고 있다.

사랑이란 바로 이런 것이 아니겠는가!

진정한 의술은 인술이다

2022년 11월 늦가을 어느 날, 〈마냥 이쁜 우리맘〉 촬영 스태프들과 서해안 오지 섬마을을 찾았다.

나는 그날, 오지를 향하면서 마음속으로 조용히 이태석 신부를 떠올렸다. 그는 천주교 사제로서 의사이며 음악가, 교육가, 건축가다. 그런 그가 온전히 자신을 다 바쳐서 내란과 가난으로 인해 아무런 희망조차 없는 수단의 톤즈로 가서 아픈 이들을 치료하고 교육에 열정을 쏟은 이유는 도대체 무엇 때문일까? 인류의 사랑을 실천하기 위해서일까?

그리고 내가 오지 중의 오지인 섬마을로 의료봉사를 떠나는 이유는 무엇일까? 과연 나도 그의 마음처럼, 나를 온전히 다 받쳐서 의료봉사를 할 수 있을까? 행여나 나의 의술이나 사랑이 부족하여 어머님의 몸과 마음 치료에 부족함이 있으면 어쩌지? 그런 마음이 아니라면, 지금 당장 나는 배를 돌려야 한다는 생각이 갑자기 파도처럼 일었다.

그날 나는 배 위에서 성연 씨에게 물었다.

"성연 씨, 제가 잘할 수 있을지 모르겠네요."

"왜요. 그동안 잘 해오셨잖아요."

"이런 일은 이태석 신부처럼 봉사하겠다는 강한 신념과 사랑이 있어야 하는데요."

"저도 양쌤도 부족하지만 지금까지 잘해온 것처럼 부담 갖지 마시고 우리 어머님들 한 분 한 분 즐거운 마음으로 진심으로 대하시면 잘될 거예요."

그랬다. 이왕 결심하고 나선 길이라면, 성연 씨 말대로 이태석 신부처럼, 자신을 온전히 다 바쳐서 희생하는 봉사는 아니더라도 아픈 어르신들을 돕는다는 그 마음만으로도 충분히 즐거울 것 같았다.

아마 20여 년 전 일 것이다. 당시 내가 근무하던 병원에서 오지 마을에 봉사하러 갈 레지던트들을 뽑았다. 그때 나는 의료봉사를 가고 싶었다. 그런데 뜻밖에 친한 레지던트가 의료봉사하러 가는 길을 막았다.

"바쁜데 그런 곳에 왜 가. 배울 것도 없는데."

나는 한참 동안 망설이다가 의료봉사 지원을 했다. 그것은 교회에서 봉사를 많이 하시는 어머니 때문이기도 했고, 남을 많이 도우라는 아버지의 유언 때문이기도 했다. 하지만 레지던트들은 교수님들의 수술과 진료를 돕느라고 몸과 마음이 많이 지친 상태였다. 그러니 오지로 의료봉사를 가느니 차라리 쉬는 것이 더 낫다고 생각했다. 그러나 내 생각은 전혀 달랐다. 지친 몸과 마음을 충전하고 싶은 마음도 있었지만, 무엇보다도 환자들의 삶을 직접 보고 아픈 이유를 찾아서 공감하고 싶었다.

레지던트 시절, 나는 막연하게 학교와 책에서 배운 의료 지식을 병원에서 아픈 환자들에게 바로 적용하는 게 무척 무서웠다. 초년생 의사라면 누구나 그런 두려움들을 가지고 있었다. 더구나 의료 행위에는 한 치의 실수도 용납되지 않았다. 그래서 의료 실습은 필수였고 오지 마을의 의료봉사는 나에게 많은 도움이 될 것 같아서 과감하게 지원했던 것이다. 덕분에 학교와 책에서 지식으로만 배운 것들을 실제 삶 속에 적용하여 오지 마을의 아픈 어르신들을 치료하면서 많은 경험을 쌓았다. 말하자면, 그분들이 오히려 나에게 스승이 되었던 것이다.

그때 내가 겪었던 경험은 다양했다. 예를 들면, 치료했는데도 아프다고 하면 그 원인이 무엇인지 꼼꼼히 체크하고 다른 방법을 써 보기도 하는 등 혼자서 고민하는 시간이 많아져 공부가 많이 되었다.

나는 그때 '의술은 인술'임을 비로소 알게 되었다. 의학은 만능이 아니라, 적지 않은 시행착오를 겪으면서 쌓인 경험들이 축적되어 진정한 의술이 탄생한다는 사실을 깨달았던 것이다.

무조건 치료만이 능사가 아니라 환자가 가지고 있는 마음의 상태를 파악한 뒤 병행 치료하는 것이 진정한 의술임을 알게 되었다. 지금 내가 정형외과 의사로서 성공할 수 있었던 것도 그때의 의료봉사 경험 때문인지도 모른다는 생각이 든다.

그리고 20여 년이 흘러 이젠 출중한 의술을 갖춘 전문의가 되어 의료봉사를 다시 나서게 된 것이다.

'그래, 그런 마음으로 열심히 의료봉사하면 될 거야.'

막연한 불안감은 파도에 씻겨 떠내려갔다.

그랬다. 나는 그동안 의술을 행하면서 환자의 마음을 이해하려고 노력했었다. 이것은 그때 한 의료봉사 체험 때문이기도 했다. 환자가 의사의 마음을 잘 따라주는 것도 치료를 잘 되게 하는 특별한 방법이다. 반대로 의사가 환자의 마음을 잘 이해하고 그것에 맞게 치료하는 것도 좋은 치료 방법임을 나는 의료봉사를 하면서 알게 되었던 것이다.

배는 무사히 서해안 끝점에 있는 오지 마을에 가 닿았다.

마을의 이장이 선착장에서 우리를 기다리고 있었다.

대문짝만한 플래카드에는 이렇게 적혀 있었다.

"의사 아들 양혁재, 배우 딸 강성연 환영합니다."

그것을 보자 우리는 웃음이 나왔다. 특별한 환영식이었다. 어디에서 내가 이런 성대한 환영식을 받아보겠는가? 사랑의 힘은 안 되는 것도 되게 만든다. 가을 바다는 무척이나 쌀쌀했으나 환영식으로 인해 마음이 따뜻해졌다.

그날 진료하면서 어르신들의 무릎과 다리에 관절염이 심했는데 왜 지경이 되도록 놓아두었는지, 아플 수밖에 없는 이유는 무엇인지 진료 과정에도 도무지 이해가 안 되는 그분들의 증상을 보면서 마음이 무척 아팠다.

진정한 의사의 길은 아픈 곳만을 치료하는 데에 있는 것이 아니라 환자의 마음까지도 치료해야 한다는 사실을 의료봉사를 통해 알았다. 그러고 보니 그 옛날 어르신들이 바로 나의 스승들이었다.

봄바람이 나를 설레게 했던 곳

5월 초순, 그날은 눈부시도록 하늘이 맑았다. 나는 여느 때와 다름없이 금요일 오후 병원에서 의료봉사를 나섰다. 평소에는 집으로 가서 옷을 갈아입고 나설 테지만 일정이 빡빡해 그럴 시간적 여유가 없어서 간단한 세면도구와 여벌의 옷만을 챙기고 경기도 여주로 급히 차를 몰았다.

그곳에는 서울에서 귀한 의사 아들과 배우 딸이 온다며 밤잠을 설쳤다는 70대의 연로하신 한 어머님이 마을 사람들과 함께 마당에서 나를 기다리고 있었다.

"오래 기다리셨죠. 길이 많이 막히네요. 그래도 마을 입구에 핀 싱그러운 봄꽃과 봄바람이 저를 맞아 주어서 너무나 행복했어요."

"맞아 이곳은 봄빛이 참 좋은 곳이지, 그래도 먼 길 온다고 힘들었제."

물잔을 건네주시는 어머님의 검고 붉은 손등과 손가락은 심하게 굽어 있었고 방금 농사일을 마친 듯 손바닥에는 흙이 조금 묻어 있었다. 나는 어머님의 손을 잡고 물끄러미 바라보면서 잠시 깊은 생각에 잠겼다. 어쩐 일인지 어머님도 내 손을 잡고 오래 놓지 않았다. 왜 그랬을까? 나를 바라보는 그 얼굴에는 미소가 가득 담겨 있었다. 아마 희고 고왔을 손이 모진 세월을 보내는 동안 검게 변했을 것이다.

나는 거친 손을 바라보자 옛날 생각에 휩싸였다. 병석의 아버지에게 의사가 되어 어려운 이들을 돕겠다고 약속한 후, 열심히 공부한 끝에 의사가 되었던 지난 세월이 주마등처럼 스쳐 지나갔다.

그랬다. 내가 의사로서의 역량을 충분히 갖추었다고 판단되면 그때는 제대로 치료받지 못해 병을 오히려 키우고 사는 어려운 이들과 어르신들을 돕겠다는 결심을 했었지만, 실상은 그렇지 못했다. 그동안 전국에서 밀려드는 환자들을 치료하느라 숨 돌릴 틈 없이 바빴던 나날들이었다. 나는 이것을 핑계로 나와 했던 약속을 까맣게 잊고 잊었다.

그러던 어느 날이었다. 그날도 평소와 다름없이 나는 여러 건의 수술을 마치고 지친 상태로 의자에 몸을 기대고 잠시 눈을 감고 깊이 잠들었다가 이상한 꿈을 꾸게 되었다.

정확하게 기억나지는 않지만, 꿈속에서 백발의 한 할머니가 내 앞에 우두커니 서서 나를 바라보고 있었다. 나는 그분에게 어디가 아프시냐고 물었지만, 희고 고운 손만을 그저 내 앞으로 내밀었고 나는 그 손을 잡았다.

그 순간 요란하게 휴대폰 소리가 났고 놀라서 눈을 떴다. 나는 냉수 한 잔을 마시고 겨우 정신을 차렸다. 그분은 도대체 누구이며 내가 이런 꿈을 꾸게 된 이유는 무엇일까? 한동안 그 꿈의 의미를 해석하기 위해 깊은 고민에 빠졌다. 그렇다고 그 꿈에 대해 주위 동료들에게 말해 본들 알아듣지 못할 것이다. 어쩌면 나를 이상한 사람으로 볼 것이다.

하지만 그것은 나에게 어떤 메시지를 준 것이 틀림없었다. 그것은 바로 내가 의사가 되기 전, 불우한 이웃과 치료비가 없이 병을 키우는 환자를 돌보겠다고 스스로 한 약속을 늦기 전에 지키라는 메시지였다. 정신이 번쩍 들었다. 그리고 그것을 실천하기로 마음을 먹었다.

오늘 내 앞에 마주한 어머님은 어쩌면 그분인지도 모른다는 생각이 들었다. 손과 다리는 퇴행성관절염을 심하게 앓고 있었다. 혼자 할 수 있는 일은 겨우 끼니를 챙기는 일이 전부였다. 그런 분에게 당장 필요한 건 치료가 아니라 하루하루 생활할 수 있도록 환경을 개선해주는 게 급선무라는 생각이 들었다.

저녁이 되었는데도 방안의 화장실과 주방의 전구는 깨져 불이 들어오지 않았다. 관절염을 앓고 있는 어머님은 높은 천장에 달린 전구를 가는 간단한 일들도 하기 힘들었다.

나는 마을 어귀에 있는 철물점에 가서 전구와 콘센트를 사서 갈고 방과 주방들을 깨끗이 청소하기 시작했다. 치료도 좋지만 먼저 생활 환경을 개선해야 건강을 유지할 수 있다는 생각이 들었기 때문이었다.

나는 의사이기 이전에 단 하루일지라도 아들 노릇을 바르게 하고 싶었다. 대개 어르신들에게 찾아오는 질환들은 일시적인 현상이 아니라 잘못된 생활 습관으로 인해 얻어지는 것들이다. 그렇기에 건강도 중요하지만, 생활환경을 먼저 개선해주는 것이 더 중요했다.

그날 돌아오면서 어머님의 소녀 같은 미소가 자꾸 떠올랐다.

"또 볼 수 있제. 잘 돌아가."

"네 어머님. 서울 병원에서 다시 만나요."

며칠 후 어머님을 병원에 모시고 정밀 검사를 마친 뒤 급히 무릎 수술에 들어갔다. 무릎 연골이 심하게 상해 어머님을 다시 걷게 하려면 인공관절 수술을 서둘러야만 했다.

다행히 수술은 완벽했다. 어머님의 얼굴에는 미소가 가득했다. 의사는 환자가 회복되어 일상으로 돌아갔을 때가 가장 행복한 법이다. 그리고 늦게나마 지금이라도 그런 길을 내가 갈 수 있게 된 것을 나는 하나님께 진정으로 감사하게 생각한다.

이태석 신부처럼

OBS 경인 TV 〈마냥 이쁜 우리맘〉 프로젝트는 그동안 옥선 어머님을 시작으로 화성, 양평, 가평, 안성, 태안, 울진, 이천, 양양, 보령, 의성, 삼척, 평창, 무주, 홍성, 부여, 인천, 김포, 서산, 포항, 예산, 산청, 춘천, 안동 등 전국 팔도의 오지 마을에 다리와 허리가 불편하신 80여 분의 어머님들을 찾아뵙고 아픈 곳을 치료한 것은 물론, 소중한 추억들도 함께했다.

대개 프로젝트는 1박 2일로 진행되었는데 방송국에서 치료를 요청하는 어르신들을 미리 찾아서 일정을 짰다. 그렇지만 서울 소재 한 병원의 병원장으로서의 직무는 물론, 평소 환자들을 치료해야 하는 바쁜 일정을 소화해야 하는 의사가 주말에 의료봉사를 나서는 건 결코 쉬운 일이 아니었다.

어떤 때는 진료 중에 코피가 흐르기도 했고 온몸이 망치에 맞은 듯 쑤시고 아팠다. 심지어 피로가 누적되어 몸이 잘 움직이지 않던 때도 있었다.

그러나 의사 아들이 오기만을 오매불망 기다리시는 아픈 우리 어머님들을 생각하면 나는 달릴 수밖에 없었다. 애초부터 힘든 프로젝트일 것이라고 각오했기에 중도에서 포기할 수는 없었다. 그렇다고 매번 힘든 것만은 아니었다. 어머님들과 소중한 추억을 쌓고 오지를 나서면 진한 아쉬움이 밀려들 때가 더 많았다. 때론 직접 농사를 지은 채소와 곡식, 손수 담은 김치와 지역 특산물들을 병원으로 보내오시기도 했다.

안동에 계시는 한 어머님은 내가 방송 중에 김치와 식혜를 맛있게 먹는 모습을 보고 경상도에서만 맛볼 수 있는 빨간 식혜를 가지고 안동에서부터 직접 먼 길을 찾아오시기도 했다. 나는 그것을 우리 병원 직원들과 나눠 먹으면서 코끝이 찡할 정도로 감동하기도 했다.

나는 그런 어머님들의 정성을 차마 외면할 수 없었다. 그럴수록 〈마냥 이쁜 우리맘〉 프로젝트를 진행하다가 그 어떤 어려운 일이 닥치더라도 멈추지 않으리라고 더욱 다짐하기도 했다.

"의사의 길은 병을 치료하고 돈을 버는 것에 목적이 있는 게 아니라 사람의 생명을 살리는 직업이다. 의사의 진정한 길은 병만 치료할 것이 아니라 아픈 사람의 마음까지도 치료해야 한다."

내가 이런 마음을 먹게 된 이유는 이태석 신부 때문이기도 하다. 그는 가난하고 삶의 의욕조차 상실한 아프리카 톤즈의 사람들에게 다시 일어설 수 있다는 희망을 불어넣어 준 최초의 의사이자 성직자였다.

그곳에서 그는 의료봉사만을 하지 않았다. 마약과 비행에 의존하던 아이들에게 악기를 선물하고 지속적인 후원을 통해 '브라스 밴드'로 활동할 수 있게 했고, 당장 마실 물도 구할 수 없어 실의에 빠진 아이들을 위해 우물을 파고 학교를 짓는 등 그들이 필요한 것들이 무엇인지 알고 최선을 다해 제공하여 세상 속으로 걸어 나갈 수 있는 기반을 마련해 주었다.

얼마 전인가 보다. tvN에서 방영되었던 〈유 퀴즈 온 더 블럭-신묘한 씨앗 사전〉 편을 보신 분들은 이 놀라운 광경을 목격할 수 있었다. 그곳에 출연한 에피소드의 주인공은 톤즈의 학교에서 공부했던 '토마스'라는 학생이었다.

'인재는 인재를 알아본다.'는 말이 있다. 이태석 신부는 자신이 아프리카 작은 마을 톤즈에 설립한 학교에서 공부하던 토마스가 공부에 뛰어난 재능을 보이자 그를 한국의 의대에 전격적으로 입학시켰다.

토마스가 한국에 올 때만 해도 할 수 있는 한국말은 오직 "감사합니다. 안녕하세요." 밖에 없었다. 그러나 이태석 신부의 격려와 자신의 노력으로 그는 단 6개월만에 한국말을 유창하게 사용할 수 있게 되고 한국의 의대생들에게 자연스럽게 녹아들 수 있었다고 한다.

이후 토마스는 잠자는 시간을 제외한 모든 시간을 의학 공부에만 매달린 결과 의예과에서 6년 동안의 교육을 마치고 졸업한 뒤 유능한 외과 의사로 성장하여 지금은 환자들을 치료하고 있다는 것이 주된 방송내용이다.

이것은 하나의 기적과 다름이 없다. 중·고등학교 정규교육을 제대로 받지 못한 토마스가 어떻게 그 어려운 의대 교육을 단 6년만에 마치고 의사가 될 수 있었겠는가.

이것을 보면 이태석 신부는 아프리카 톤즈에서 단순히 의술만을 펼친 것이 아니라, 인간 교육까지 병행했음을 알 수 있다. 좌절과 고난을 겪는 사람에게 단순히 먹는 것과 입는 것만을 주는 것보다 그들이 절망과 좌절을 극복할 수 있도록 희망의 길을 찾아주는 것이 진정한 도움이다. 이태석 신부는 바로 이 점을 깊이 생각했던 것 같다. 그는 아프리카 톤즈에서 고난을 겪는 사람에게 의술만을 행한 것이 아니라 그들이 좌절과 고난을 극복할 수 있도록 길을 열어 준 것이다.

그런데 더 놀라운 사실은 이태석 신부가 건립한 학교에서 전문적인 교육을 받은 의사가 무려 57명이나 탄생했다는 사실이다. 과연, 이것이 가능한 일일까? 우리나라의 현실에서 보면 도저히 상상할 수 없는 일이다. 그런데 이태석 신부는 이 일을 해내었다. 말하자면 이태석 신부는 당장 먹을 물과 식량도 없는 작고 가난한 아프리카 마을에서 하나의 기적을 이루었던 것이다.

나도 이태석 신부님처럼 그렇게 의술을 펼치고 싶었다. 이것이 〈마냥 이쁜 우리맘〉 프로젝트에서 진정으로 내가 하고 싶은 일이다.

내가 오지 마을에 계신 아픈 어머님들을 치료하는 것만이 아닌 그분들의 상처받은 마음, 고단했던 지난 세월 속에 드리워진 마음의 그늘까지 모두 살펴드리고 싶은 것이 내가 진정으로 할 일이다. 그리고 눈물로 얼룩졌던 지난 세월을 모두 살펴드리고 싶다. 그리하여 그분들이 온전히 세상 속을 다시 걸어가도록 인생의 힘을 불어넣어 줄 수 있다면, 이보다 더 좋은 의료봉사가 이 세상에 또 어디 있겠는가. 우리 어머님들이 건강해진 몸으로 새로운 삶에 대한 희망과 의지를 가질 수 있도록 도와드리고 싶은 마음이 지금도 간절하다.

내 마음을 흔든 한 권의 시집

어느 날, 병원 근처에 있는 한 서점에 들렀다가 우연히 내 마음을 흔드는 시집 한 권을 발견했던 적이 있었다.

김용택 시인이 엮은 『엄마의 꽃시』라는 시집이었다. 이 책에 실린 시들은 교육부와 국가평생교육진흥원이 주관한 '전국 성인문해교육 시화전'에서 수상한 어머님들의 시작품들 가운데서 100편을 엄선해 엮은 시집이었는데 나는 밤새 시들을 읽으면서 많은 생각을 했다. 왜냐하면, 내가 진행하고 있는 〈마냥 이쁜 우리맘〉에서 만난 어머님들의 삶과 매우 닮아 있었기 때문이다.

사실, 지금은 상상조차 하지 못할 일이지만, 그 시절의 우리 어머님들의 삶은 늘 그랬다. 일제 강점기와 한국전쟁을 겪으면서 입에 풀칠하기에도 급급했던 터라 한글을 제대로 배울 시간이 없었다.

더구나 부모님들이 "여자들이 배워서 뭣해 살림만 잘하면 되지."라는 조선시대의 가부장적 사고에 갇혀있다 보니 여성들이 한글을 배울 기회를 놓쳐 버린 분들이 의외로 많았다.

한글을 읽고 쓰는 일이 아무렇지 않은 사람들에게는 글을 읽고 쓸 줄 모르는 어르신들의 답답한 속을 짐작조차 하지 못한다. 실제로 내가 프로그램을 진행하면서 만났던 어머님들 중에서도 글을 모르시는 분들이 상당수 있었다. 물론, 방송에는 별 어려움이 없었지만, 내 생각은 전혀 그렇지 않았다. 왜냐하면 내가 방송을 시작한 목적은 단순히 건강만을 살피기 위해서만 아니라, 우리 어머님들이 남은 생을 행복하게 살기 위한 것에 그 목적이 있었기 때문이었다.

한번은 이런 일도 있었다. 강원도에 있는 한 오지 마을에 의료봉사를 들렀을 때 만났던 한 어머님이 계셨다. 그분 역시 까막눈이었다. 방송을 마친 뒤, 무릎 상태를 점검하기 위해서는 서울에 있는 병원에 와야 하는데 한글을 전혀 모르는 데다가 함께 올 가족마저 없어서 누군가가 도움을 주지 않으면 혼자서 버스를 타기도 힘들었다. 나는 고심 끝에 진료 전날 사람을 보내 모셔 와야만 했던 경우도 있었다.

글을 모른다는 건 그만큼 세상살이가 힘들 수밖에 없다. 그러

니 그 어머님의 삶은 평생 서러움의 연속이었을 것이다. 심지어 은행 일을 보거나 택배가 와도 까막눈이니 핀잔받는 일도 부지기수였다고 한다.

실제로 시집『엄마의 꽃시』속에는 그런 어머님들의 아픔이 구구절절하게 담겨 있었다. 그렇다고 슬픔만 그 속에 담겨 있지 않았다. 오히려 재기발랄한 소녀 같은 마음이 곳곳에 아릿하게 담겨 있었다. 이 시집을 엮었던 김용택 시인조차 시집을 엮으면서 '몇 번이나 목이 잠기고 고개가 숙여진다.'고 했듯이 나도 그랬던 것 같다. 심지어 그는 어머님들이 쓴 시를 읽으면서 '이 땅의 시인들은 모두 죽었다.'라고 까지 했었다.

나 또한 프로그램을 진행하면서 꾸밈이 없고 거짓이 없는 날

것 그대로의 진솔한 모습 때문에 나 자신도 모르게 눈물을 짓게
되고 웃음이 터질 때도 많았었다. 그중의 시 한 편을 소개한다.

기억하고픈 고마움과 감사를

연필로 열심히 쓰고

어릴 적 배우지 못한 부끄러움을

지우개로 지워간다.

기억 잘하는 연필이 있고

삐죽 삐죽이도 미끈하게 지우는

힘 있는 지우개가 있기에

생명이 있는 한 배우고 싶다.

_김성순 〈생명이 있는 한 배우고 싶다〉 중에서

그랬을 것이다. 아마 이 시를 쓴 김성순 어머님은 평생 배우지
못한 부끄러움을 지우개로 지우고 싶을 것이다.

내가 〈마냥 이쁜 우리맘〉을 진행하면서 느낀 것은 감사와 희
망 그리고 겸손이었다. 어머님들은 힘든 고통을 겪고 있으면서
도 힘들다고 결코 자책하지 않았다. 오히려 세상 사람들에게 이
런 서러움과 아픔 속에서도 즐거움을 찾는 자신을 보라는 듯 웃
고 계셨다. 이렇듯 옛날 우리 어머님들은 힘겨운 삶을 사셨다.

이 시집을 시간이 나면 외우기까지 했고, 한참을 서서 창밖을 바라보면서 오지 마을에 사시는 어머니들을 위한 의료봉사를 죽는 날까지 멈추지 않겠다고 스스로 독려하기도 했다. 말하자면, 이 한 권의 시집이 나에게 큰 동력을 불어넣어 주었던 것이다.

　한번은 뒤늦게나마 마을회관에서 한글을 배우고 있는 어머님들을 찾아가서 의료봉사를 한 적이 있었다. 고령임에도 불구하고 끝까지 배움을 포기하지 않는 그분들을 바라보면서 이런 생각을 하게 되었다. 언젠가 또다시 같은 상황에 계신 어머님들을 만나면 이 시집을 보여드리면서 늦더라도 끝까지 포기하지 않으면 언젠가 시집 속의 이 어머니들처럼 또 다른 세상에 나서실 수 있다는 희망을 드리고 싶었다.

생애 처음 열린 생일 파티

OBS 경인 TV〈마냥 이쁜 우리맘〉제작진이 달려간 곳은 충남 보령이었다. 당일 진료 일정이 빡빡해서 몸과 마음이 많이 지친 상태였다. 그러나 의사 아들과 배우 딸이 온다는 소식에 눈 빠지게 기다리고 있을 어르신 생각에 편히 쉬지 못하고 먼 길을 향했다.

어머님은 한잠도 주무시지 못할 만큼 마음이 설레었다고 하신다. 나는 그날 어머님과 이런저런 이야기를 나누다가 가슴 아픈 사연을 들었다. 내일이 생신인데 힘든 세상을 홀로 살아가다 보니 지금껏 생일 파티 한 번 한 적이 없었다고 한다. 그런 이야기를 듣고 나니 가슴이 '쿵'하고 내려앉았다. 그동안 얼마나 마음이 아프셨을까?

첫번째 이야기

나와 제작진은 긴급하게 회의를 열고 마을 이장님에게 어머님의 사연을 알리고 난 뒤 생일 파티를 열어드리기로 했다.

그길로 차를 몰고 가까운 읍내로 나가서 생일 케이크를 사고 '정옥교 어머님의 생신을 진심으로 축하합니다. 〈마을 주민 일동〉' 플래카드를 주문한 뒤 배우 딸 희진 씨와 마을 주민들과 함께 음식을 급히 만들었다.

다음날이었다. 마을회관 건물 벽에 플래카드를 걸고 난 뒤 케이크에 촛불을 밝히고서 어머니를 모셨다.

나는 희진 씨와 함께 마음속에 준비해 두었던 축하 메시지를 읊었다.

"이 세상에서 가장 아름다우신 우리 어머님, 당신의 생신을 진심으로 축하합니다. 언제나 건강하시고 행복이 함께하시기를 의사 아들 양혁재와 배우 딸 우희진이 두 손 모아 기도합니다. 365일 하루도 빠짐없이 행복하세요."

어머님은 생일 축하 메시지를 듣자마자 눈물을 흘렸다. 세상에서 가장 아름다운 눈물이었다. 자식이 있지만 살기가 바빠서 본인 어머니의 생신조차 챙겨 드리지 못하는 자식이 너무하다는 생각도 들었지만, 오죽하면 그렇겠느냐고 오히려 자식들을 걱정하시는 어머님을 보자 마음이 더 아팠지만 어머님은 조금도 내색하지 않으시고 천진난만하게 웃었다. 마을 사람들도 '생일 축하 노래'를 다 같이 합창했다. 마을 사람들이 하나가 되는 순간이었다.

같은 마을에서 함께 자란 이장님은 이렇게 말했다.

"지금은 자식 놈들을 기르기 위해 땡볕에서 김을 매다 보니 손등도 쭈글쭈글해지고 얼굴 피부도 검게 타서 그렇지 저 할머니가 이곳에 시집왔을 때는 정말 이뻤지. 아픈 다리도 처음부터 잘 치료했으면 저리되지도 않았을 거야. 그동안 일하느라 허리를 제대로 펴지 못해서 생긴 병이지."

생일 케이크를 자르시는 어머님의 손이 붉고 검은 것은 다 세월 탓이리라. 그러나 지나간 세월은 꼭 잃어버린 시간만은 아니라고 믿고 싶었다. 그럴수록 잃어버린 그 청춘들을 돌려주고 싶은 마음이 내게는 점점 더 커져만 갔다.

나는 이 작은 생일 파티 하나가 마을을 하나의 공동체로 만들고 있다는 생각이 들었다. 그러고 보면, 우리 프로그램이 세상에 던져 주는 메시지는 실로 크다.

그날 마을 이장님은 나와 약속했다. 몸이 불편한 어머님을 위해 성심껏 돕겠다는 약속이었다.

이렇듯 〈마냥 이쁜 우리맘〉을 촬영하면서 만났던 어르신들은 다 어질고 세상에 둘도 없는 훌륭하신 우리 부모님들이었다. 비록 힘들어도 그분들은 세상을 원망한 적이 없었다. 오직 자식들을 건사하기 위해 본인들의 삶을 희생하시면서 살아온 존경 받아 마땅한 우리들의 어머님들이었다. 하지만 그 내면에는 늘 소녀 같은 부끄러움을 가지고 있었고 힘든 삶을 들여다보면 그동안 내가 살아온 것은 아무것도 아니라는 생각이 들었다.

나이는 여든이지만 마음은 청춘

내가 〈마냥 이쁜 우리맘〉 프로젝트를 진행하면서 가장 크게 느낀 점은 우리 어머님들이 공부는 물론이고 그 외에도 하고 싶은 게 많으셨다는 것이다. 비록 집안 형편이 어려워서 자신들의 꿈을 펼치지 못했지만, 마음만은 청춘이었다.

결혼 후에는 자식들 키우느라고 그 꿈을 접을 수밖에 없었다. 자식들이 이런 우리 어머님들의 마음을 알기나 할까 싶지만 나는 어머님들을 치료하는 과정에서 인간의 꿈은 나이와는 전혀 상관없다는 사실을 알았다.

그런 우리 어머님들을 위해 내가 할 수 있는 일은 의술만이 아니었다. 무엇보다 병든 우리 어머님들의 마음을 치료하는 것이 급선무였다. 정신과 마음이 건강해야 육신의 병도 빨리 고칠 수 있다. 이것이 바로 진정한 의술이다. 내가 이런 마음을 먹게 된 것은 독실한 기독교 신자이신 나의 어머니의 간곡한 당부 때문이기도 하다.

내가 어렵게 의대에 합격한 날 저녁이었다. 어머니는 불현듯 나를 데리고 교회로 가서 간절하게 기도하셨다.

"전지전능하신 하나님, 저의 사랑스러운 아들이 드디어 자신이 그토록 원하는 의사가 되었습니다. 이 모든 기쁨은 하나님의 가호 때문입니다. 저의 아들이 자신의 안위만 생각하는 철없는 양이 되지 않기를 바라오며 부디 사람의 몸만 치료하는 의사가 아니라 사람의 영혼까지 치료해주는 훌륭한 의사가 되도록 하나님의 가없는 은혜를 베풀어 주십시오."

나는 그때 어머니의 가녀린 손을 잡았다. 어느새 어머니의 눈가에는 눈물이 촉촉하게 젖어 들었다. 아버지가 돌아가시고 혼자서 이만큼 나를 키워주신 어머니의 한이 눈물로 대신하는 듯했다. 나는 훌륭한 의사가 되겠다고 결심했다.

"어머니, 걱정하지 마세요. 열심히 공부해서 병든 이웃과 어려운 이들을 치료하는 훌륭한 의사가 될 테니 염려하지 마세요."

하지만, 의대를 졸업하고 난 뒤 힘든 인턴 과정을 겪으면서 의사의 길이 결코 만만한 길이 아님을 뒤늦게 실감하기 시작했다. 실수도 잦고 어떤 때는 중환자실에서 위급한 상황을 대처하지 못해 허겁지겁 몸만 바빠서 선배들에게 야단맞기도 부지기수였다. 그럴수록, 어머니의 간절한 기도가 떠올랐다.

'그래 이것도 훌륭한 의사가 되는 과정이다. 결코 포기해서는 안 된다. 사람의 목숨을 살리는 의사의 길이 어디 쉬운 일인가. 처음부터 차근차근 하나씩 배워나가면 된다.'

그것은 내가 당연히 해야 할 의무였다. 그리고 치열한 레지던트 과정이 지나고 나는 비로소 정형외과 전문의가 되었다. 그리고 레지던트는 레지던트대로, 전문의는 전문의대로 가져야 할 각자의 의무와 책임감이 있었다. 더욱이 짧은 시간에 진료와 상담을 한 뒤 치료를 병행하고 심지어 수술까지 해야 하는 상황에서는 환자들의 심리상태까지 일일이 살피기란 사실상 힘든 일이었다.

게다가 우리나라의 의료 현실에서는 병원을 제대로 운영하려면 환자들을 많이 봐야 하기에 몸과 심리상태를 치료하는 데는 상당한 어려움이 뒤따랐다. 그렇지만 진정한 의술은 육신의 병은 물론, 환자들의 심리상태까지 치료해야 한다는 건 의사라면 누구나 잘 알고 있으나 실상은 그렇지 못했다. 나 역시도 그랬던 것 같다. 내가 이것을 깨닫는 데는 전문의가 되고 20여 년이 지난 뒤였다. 그제야 나는 환자들의 몸은 물론, 마음까지 볼 수 있는 의사가 되도록 노력했다.

내가 〈마냥 이쁜 우리맘〉 프로젝트를 진행하게 된 계기도 바로 이 같은 이유 때문이었다. 내가 환자를 보는 경험이 적고 서투른 의사였다면 감히 방송에 나서지도 않았을 것이다.

그런데 아뿔싸! 막상 촬영 초기에는 그렇지 못했다. 어머님들의 병에만 눈길이 갔다. 그러나 방송 횟수가 거듭될수록, 나의 눈에는 아픈 몸만 보이는 게 아니라, 그분들의 마음까지도 헤아리게 되었다. 내가 어머님들의 병을 아무리 잘 치료한들, 그분들의 마음이 아프다면 아무리 완벽한 치료도 소용이 없을 것이라는 생각이 들었다.

나는 그 순간 내가 의대에 합격했던 날, 어머니께서 하나님께 드렸던 기도가 그제야 생각났다. 그랬다. 어머니의 기도처럼, 내가 〈마냥 이쁜 우리맘〉 프로젝트를 하는 이유는 단순히 병든 이웃들을 치료해주는 데만 목적이 있는 것이 아니라 환자들의 영혼까지 치료해주는 데 그 목적이 있고, 그것이 올바른 의사의 길임을 마침내 스스로 깨달았다.

'그래 지금부터라도 그런 마음을 가지고 촬영에 임하자. 우리 어머님들의 진정한 의사 아들이 되어 내 부모님처럼 몸과 마음을 보살펴 드리자. 그러지 못할 바에야 차라리 그만두는 것이 낫다.'고 생각했다. 그 순간 없었던 힘마저 갑자기 솟구쳤다.

'이보다 더 좋은 기회가 어디 있으며 이보다 더 좋은 인연이 어디 있겠는가.'

실제로 희진 씨와 성연 씨랑 촬영을 함께 시작할 때 다짐한 일이 있었다. 치료도 중요하지만, 응어리진 어머님들의 한을 먼저 풀어드리고 아픈 기억들은 속 시원히 잊어버리게 하자고, 그분들이 새로운 출발을 할 수 있도록 몸과 마음을 다해 도와드리자고. 그런데 놀랍게도 촬영을 마치고 막상 집에 돌아오면 오히려 우리가 위안을 더 많이 받았다. 무엇 때문일까? 그것은 다름 아닌 어머님들이 자식을 사랑하는 그 마음 때문이 아니었을까.

행복한 노후를 위한 삶

어머님이 주신 생김치

〈마냥 이쁜 우리맘〉을 촬영하다 보면 혼자 사시는 어머님들이 많이 계신다. 우리 어머님들이 건강하게 오래 사시려면 속마음을 털어놓고 대화할 사람이 필요한데, 자식들도 제 살기에 바빠 겨우 명절에나 소식을 전하는 게 대다수여서 외로움을 많이 타신다.

그러다 보니, 가슴 속 상처가 곪고 곪아 우울증 등의 심리적 질환까지 안고 있는 경우가 많다. 그런 〈마냥 이쁜 우리맘〉 어머님들을 바라보면, 아버지가 돌아가시고 난 뒤 30여 년이 지나도록 홀로 사시는 내 어머니도 생각나서 그분들의 마음의 상처를 어루만지고 치료하는데 더 많은 힘을 쏟고 더 잘해 드리고 싶어진다.

촬영을 시작한 지 몇 달이 훌쩍 지났을 때이다. 〈마냥 이쁜 우리맘〉에서 치료받았던 어머님이 병원으로 전화를 걸어왔다.

"잘 지내지, 이번에 내가 농사지은 풋고추와 채소로 맛있는 김장을 했는데 한 번 다녀가."

진료를 마치고 쉬는 시간에 걸려 온 전화였다. 어르신들이 농사지은 채소와 직접 채취한 약초들을 택배로 보내온 경우가 종종 있었지만, 이번에는 직접 와서 가져가라는 것이었다. 왕복으로 여섯 시간은 족히 걸리는 거리였다. 나를 생각하면서 담은 김장이라는 말씀에 나는 만사를 제쳐두고 바로 차를 몰고 밤길을 헤쳐 내려갔다.

〈마냥 이쁜 우리맘〉 프로젝트가 주말마다 오지 마을을 찾아가는 일정이어서 한 번 간 곳은, 다시 일정을 잡아서 가기가 쉽지 않았다. 그렇기에 무리해서 직접 찾아뵌 것이다.

마을 입구에 도착해 어머님이 계신 집으로 향했다. 아버님이 10여 년 전에 돌아가시고 혼자서 농사를 지으면서 사시고 계셨다. 다음날 진료가 있어서 빨리 일어서고 싶은 마음이 굴뚝 같았지만, 어머님의 마음을 생각해서 이런저런 이야기를 나누었다.

"내가 수술받고 난 뒤 얼마나 기쁜지 몰라. 우리 의사 아들 아니었으면, 방구석에 그대로 누워 산송장처럼 지냈을 것이 빤했지, 그런데 수술받고 난 뒤 양로원에도 가고 농사도 짓고 말벗도 생기고 하니 얼마나 좋은지 모르겠어. 정말 다시 태어난 기분이야."

"아. 그러시군요. 어머님께서 이렇게 잘 지내시고 친구도 새로 사귀었다니 정말 기분이 좋아요. 언제든지 제 목소리가 듣고 싶으시거나 불편한 데 있으시면 전화하세요."

그날, 이런저런 대화를 나누다가 자정이 넘었다. 몸은 비록 피곤했지만, 서울로 올라오면서 어머님이 주신 생김치를 생각하자 입안에서 침이 다 고일 지경이어서 오히려 기분이 상쾌했다.

이렇듯 우리 어머님들은 촬영 중에도 하루 반나절 넘게 혼자서 이야기하시는 경우가 참 많았다. 그럴 때면 '얼마나 말씀하시고 싶었으면 저러실까?' 싶어서 그대로 둔다. 그리고 그 말씀들을 하나도 놓치지 않고 듣는다. 그러다 보면 참 신기하게도 어머님들과의 심리적 거리가 더 가까워진다. 의사가 환자들의 몸 상태와 생활환경 등, 대화를 많이 하면 치료에 많은 도움이 되는 것도 사실이다. 그러나 의사의 입장에서는 그렇게 하기 쉽지가 않다. 워낙 진료 일정이 빡빡하고 환자가 많이 밀려 있어 환자의 몸 상태를 완전히 파악하지 못하는 경우도 가끔 있다.

그런데 나는 이 프로젝트를 진행하면서 적지 않은 사실을 깨달았다. 어머님들과 많은 대화를 하고부터는 무릎과 허리, 척추의 어디가 불편하고 아픈지, 구체적으로 상태를 빨리 파악할 수 있게 되고 수술할 때 좀 더 신경 써서 집도하다 보니 회복 시기도 훨씬 빨랐다. 이를 계기로 나는 다시 한번 의사의 의무가 어디에 있는지를 알게 되었다.

다음날 어머님이 주신 김장 김치를 직원들에게 나누어 주었더니 참 좋아했다. 요즘 도시에서는 김장하는 집들이 극히 소수이고 대개가 공장에서 만든 김치를 사서 먹다 보니 직접 담은 김장 김치의 손맛을 보기가 힘들고 그 맛도 크게 다르다.

함께 근무하는 간호사가 말했다.

"제가 원장님을 존경하지 않을 수가 없네요. 어떻게 그 먼 곳을 밤새 다녀오셨어요. 슈바이처 박사가 따로 없네요. 저라면 그렇게 못할 것 같아요."

그 말을 들으니 모든 피곤이 한순간에 사라졌다. 좋은 일을 하면 몸과 마음이 행복해진다는 말은 거짓이 아니었다.

의사의 길은 육신의 병만 고치는 데에 있는 게 아니라, 환자가 가지고 있는 마음의 병도 살펴야 한다는 사실을 알았다. 그리고 이것이 내가 앞으로 걸어가야 할 의사의 길임을 깨닫게 되었다.

봉사는 나의 운명

일전에 어떤 언론사에서 〈마냥 이쁜 우리맘〉 프로젝트에 관한 인터뷰를 요청해왔다. 극구 사양했지만, 세상의 귀감(龜鑑)이 되는 일이라서 반드시 인터뷰하고 싶다고 해서 마지못해 응한 적이 있었다. 심지어 그 기자는 이 프로그램은 필리핀의 막사이사이상 사회봉사 부문에 추천할 만한 일이라고 추켜세웠다.

아시아의 노벨상으로 불릴 정도로 막사이사이상의 위상은 꽤 높다. 지금껏 수상하신 분들의 면모를 살펴보면, 안정적인 삶을 뒤로하고 자신의 모든 생을 걸고 의료복지 사각지대에 놓인 헐벗고 굶주리고 병든 사람들을 위해 평생 자신을 헌신하신 분들이다. 그러니 역대 수상자들의 헌신에 비하면 정말 나는 아무것도 아니다.

무엇보다도 나는 병원 원장이고 누구보다도 행복하다. 물론, 내가 〈마냥 이쁜 우리맘〉 프로젝트를 생각하기 시작한 것은 인턴 시절이지만, 그동안 여건이 허락하지 않아 실행으로 옮기기까지는 20년이 흐른 마흔 살 이후였다. 그렇기에 그런 상을 받을 자격이 없다.

하지만 누군가가 추천하여 후보 명단에 이름 세 글자를 올릴 수 있고 만에 하나 수상의 영광을 누리게 된다면 상금은 고스란히 〈마냥 이쁜 우리맘〉 어머님들을 위해 사용하고 싶다.

어머님들은 자식들에게 부담될까 몸에 좋은 소고기 한 번 마음 편히 사드시지 못했다. 그런 어머님들에게 맛있는 음식을 대접해 드리고 싶은 마음이 간절하다.

다시 한번 말씀드리지만, 내가 이 프로젝트를 진행했던 건 칭찬을 받기 위해서가 아니라, 우리 부모님의 간곡한 당부 때문이었다.

그리고 이 프로젝트를 진행하면서 용기를 주신 분들이 많았는데 특히 나와 함께 근무하는 의사 선생님들이 용기를 많이 주셨다. 그 외에도 자신들이 하지 못하는 일들을 내가 대신 실천하고 있고, 의사의 참모습을 보여주는 것 같아서 매우 흐뭇하게 생각하시는 의사분들의 격려가 참 많았다. 게다가 시골 어르신들이 뜻하지 않은 의사 아들의 등장으로 인해 삶의 활기를 느끼시는 분들이 많다는 소식을 들을 때마다 나는 행복했다.

나는 어린 시절에는 소심한 성격의 소유자였다. 친구들에게 내 생각을 제대로 표현하지 못하고 그저 친구들의 얘기를 들어 주기만 하는 소년이었다. 그런 성격 때문인지 의사가 되어서도 환자의 말을 잘 들어주었는데 그것이 진료에 많은 도움이 되었다. 또한 진료에서 가장 중요한 것은, 환자가 나의 스승이라는 것이다. 환자가 자신의 상태와 증상을 누구보다도 잘 안다. 그래서 환자들이 가진 증상과 마음을 읽고 치료하는 의사가 되어야 하는데 아무래도 환자의 이야기를 잘 들어주는 성격이 좋은 의사의 길을 가는데 적지 않은 도움이 된다.

그러고 보면, 내가 정형외과 전문의가 된 계기도 한 선배님의 말씀 때문이었다.

"너의 세심한 성격을 보면 정형외과 전문의가 되면 참 좋을 것 같다. X-RAY 필름이 찍힌 모니터만 보고 치료하는 의사가 되지 말고 환자를 보면서 치료하는 의사가 되어라. 그것이 진정한 의사이다."

환자를 치료하는데 이 선배님의 말씀이 많은 도움이 되었다.

그리고 〈마냥 이쁜 우리맘〉 프로젝트를 시작하기 전에는 출근해서 환자를 진료하고 수술하는 다람쥐 쳇바퀴 같은 일상들이 대부분이었다. 그러나 이 프로젝트를 시작하고부터는 나에게 삶의 활력소를 가져다줄 뿐만이 아니라, 또 다른 삶의 의미를 부여하는 것 같아서 너무나 좋다.

삶이란 그냥 사는 게 아니라 어떻게 사느냐가 중요하다. 남은 인생을 좀 더 의미 있는 곳으로 돌리고 싶었는데 어느 날 갑자기 이 프로젝트가 운명처럼 나에게 다가왔던 것이다.

지금 나는 이 프로젝트를 진행하면서 한층 더 성숙한 의사가 되어가는 중이다. 그러고 보면 이 일은 나에게는 버릴 수 없는 운명 같다.

사람의 일생

All his leaves Fall'n at length,

Look, he stands, Trunk and bough

Naked strength.

마침내 나뭇잎이 모두 떨어지면

보라, 줄기와 가지로 나목 되어 선

저 벌거벗은 '힘'을.

　이것은 19세기 영국의 유명한 계관 시인 알프레드 테니슨 (Alfred Tennyson, 1809~1892년)이 쓴 '참나무(The Oak)'라는 시 다. 자기 집 앞마당에 있는 수백 년 된 참나무의 봄, 여름, 가을,

겨울 사계(四季)의 모습을 그린 이 시는 인간의 한 생애를 함축적으로 표현했다는 점에서 매우 유명하다.

시 '참나무'는 봄에 연두색의 작은 새싹들로 단장한 뒤, 여름이 되면 무성한 녹음으로 그 위용을 자랑하다가 가을이 되면 붉은 단풍으로 사람들을 즐겁게 해주다가 겨울이 되면 잎을 다 떨구고 벌거벗은 나목으로 서 있는 참나무의 힘을 그린 것이다.

나는 〈마냥 이쁜 우리맘〉을 촬영하면서 우리 어머님들의 모습이 마치 이 참나무와 같다고 생각했다. 인간의 삶도 활기찬 젊음과 중년 장년을 지나 언젠가는 참나무가 겨울을 맞이하는 것처럼 변하지만, 진짜 노후를 맞았을 땐 참나무처럼 당당한 모습을 보여야 한다는 게 이 시의 메시지다. 그러려면 무엇보다도 우선되어야 할 것이 있는데 바로 건강이다.

그런데 내가 의료봉사를 하면서 눈으로 보고 느낀 것은 우리 어머님들이 너무 많은 노동을 하고 있다는 것이다. 평생 농사를 지으면서 허리 한 번 펴지 못하고 항상 무릎을 구부리고 일하시다 보니 허리와 관절에 무리가 생겨 병이 되었다는 것이다.

대다수 병들은 초기에 잡으면 별 이상이 없지만, 오래 방치하면 큰 병으로 치닫게 된다. 더구나 우리 어머님들이 돈이 아까워서 병원에 가는 걸 꺼리다 보니 오히려 병을 더 키워서 치료 시기를 놓치는 경우가 많다. 나이에 맞게 소일거리로 삼아서 가볍게 일하시면 되는데 어떻게든 자식들을 건사하려고 논밭을 갈고, 소와 돼지를 키우는 등 젊은이들도 감당하기 힘든 고강도의 노동을 계속한 결과이다.

그러다 보면 등과 허리에 무리가 가 '척추관협착증'과 무릎 연골이 닳아 없어지는 '퇴행성관절염'이 생기게 된다. 나는 그런 우리 어머님들을 보면 너무나 마음이 안타깝다.

그러나 어쩌랴! 자기 몸을 돌보는 것보다 자식들과 손주 손녀를 더 생각해 한시라도 손에 일을 놓지 않으시려는 우리 어머님들의 생활방식인 것을.

나는 기독교의 봉사와 박애 정신을 가지고 그런 어머님들을 바라볼 때마다 조금이라도 도움을 주려고 노력하고 있다. 이런 마음을 아무도 몰라주어도 괜찮다. 애초부터 칭찬받기 위해 나선 길이 아니다. 그저 나의 작은 재능이 우리 어머님들에게 희망과 용기가 될 수 있다면 힘닿는 때까지 나눔을 실천할 생각이다. 이것이 바로 의사의 길이 아니겠는가.

건강하지 못하면 백 세도 소용없다

지금 우리는 백세시대를 살고 있다고 말하지만, 그건 말로만 그렇다는 뜻이다. 사실, 그에 맞는 건강관리를 했을 때 사람이 백 살까지 장수하면서 건강하게 살아갈 수 있다. 나이만 백 살을 먹고, 건강은 잃어 삶의 질이 떨어지면 아무런 의미가 없다.

허리와 다리를 제대로 사용하지 못하고 방 안에서만 지내거나 병실에서만 누워 지낸다면 그건 사는 것이 아니라 오히려 죽는 것만도 못하다. 평생 병과 싸우면서 오래 산다는 건 아무런 의미가 없다는 뜻이다.

대개 사람들은 60대 초반까지 일하다가 은퇴한다. 문제는 인간이 백 세까지 산다면 남은 40여 년의 세월을 어떻게 보낼 것인가. 그 이후부터의 경제와 건강관리는 매우 중요하다.

이것은 단순히 개인적인 문제가 아니라 오늘날 같은 고령화 사회에 직면하여 지출해야 할 의료보험과 연금제도는 국가적인 문제로 치닫고 있다.

의사의 관점으로 볼 때 연금 문제는 제쳐두더라도 노년기의 의료제도가 문제이다. 현재 우리나라는 65세 이상 고령인구의 비중이 20%에 이를 정도로 초고령 사회로의 진입을 목전에 두고 있다. 그리고 시골에서의 고령인구의 비율은 80%에 이른다. 이것은 무얼 말하는가? 시골 어르신들의 건강 문제를 국가가 더 이상 방치해서는 안 된다는 말이기도 하다.

특히 시골 어르신들의 대부분이 높은 노동강도로 인해 목과 허리, 무릎에 '척추관협착증'과 '퇴행성관절염'을 앓고 있다. 시골 어르신들이 몸을 제대로 움직이지 못하면 먹고사는 일이 막막하게 될 수밖에 없다. 그렇다고 도시로 나간 자식들은 자기 살기에도 바빠서 부모님들을 돌봐주지도 못하는 실정이다.

실제로 내가 시골 의료봉사를 하면서부터 느낀 건 시골 어르신들의 생활고와 건강 문제는 매우 심각하다는 것이다. 그 어르신들이 어떤 분들인가? 자신들의 안위를 위해 살아오신 분들이 아니라 자식들을 위해 평생을 헌신하면서 살아오신 분들이 아닌가? 이것을 목격할 때마다 마음이 너무나 아프다.

더욱이 어르신들의 불편한 몸은 단번에 달라지지 않고 장시간의 치료 과정이 필요하기에 평소 건강관리가 매우 중요하다.

현재 선진국들의 사례를 보면 노인들의 건강에 막대한 예산을 쏟아붓고 있다. 특히 서유럽은 마을 단위로 아침 걷기 운동이나 체조 등을 실시하고 있는 게 그 한 예다. 가까운 중국과 일본의 예만 봐도 새벽에 태극권이나 가라테 운동을 꾸준하게 하도록 정부에서 지원하고 있다. 이것이 바로 백세시대를 위한 준비이다.

몸이 건강해야 정신과 마음이 건강해진다. 몸이 불편하면 정신과 마음도 상대적으로 힘들 수밖에 없다. 백세시대에 건강한 몸을 유지하려면 어르신들의 개인적인 노력이 절대적으로 필요하다.

내가 정형외과 전문의로서 드릴 수 있는 최고의 조언은 '골밀도 관리'를 평소에 잘해야 한다는 것이다. 이를 제대로 실천만 해도 노후의 삶은 훨씬 윤택해질 수 있다.

그렇다면 어떻게 해야 할까? 평소에 소식(小食)을 실천하고 매일 오천 보를 걷는 등 꾸준한 운동을 지속적으로 해야만 한다. 이것은 60대 이후의 노년층은 반드시 명심해야 할 사항이다.

특히 폐경기 이후의 여성들에게 많이 발생하는 질병은 뼈의 강도가 약해지는 '골다공증'이다. 골밀도가 떨어지면 가볍게 넘어지거나 재채기하는 것만으로도 심각한 골절이 일어날 수 있다.

암이나 당뇨, 고혈압만이 노년기에 오는 병이 아니라 '골다공증'은 건강한 사람일지라도 나이가 들면 누구에게나 갑자기 찾아올 수가 있다.

우리 몸에 있는 뼈에 골절이 발생하면 일상생활이 불가능할 뿐만 아니라 합병증으로 인해 심하면 사망까지 이를 수가 있다. 그렇기에 어르신들과 여성들은 골밀도 관리에 각별한 신경을 써야 한다. 골량의 소실을 예방하기 위해서는 칼슘의 원활한 흡수를 돕는 비타민 D를 충분히 섭취하고 흡연과 음주는 삼가야 하고 꾸준한 걷기 운동이 필수다.

특히 시골에 계시는 어르신들은 농사일을 끝마치신 후에 피로를 달래기 위해 습관적으로 술을 마시는 경우가 많은데 이런 행동이 반복되면 골량이 급속도로 줄어들 수 있어 노동 후 음주 역시 자제해야 한다.

꽃보다 더 아름다운 어머님의 얼굴

〈마냥 이쁜 우리맘〉 프로젝트를 진행하면서 크게 깨달았던 건 '행복한 노후'를 맞이하려면 평소에 어떤 마음으로 살아야 하는 가였다. 내가 우리 어머님들을 통해 알았던 건 남을 사랑하고 돕는 '이타심'을 가져야 한다는 것이다. 사람이 이타심을 가지려면 우선 남을 배려하고 이해하도록 노력해야 한다.

이것은 내가 의사로서 지녀야 할 본연의 자세이기도 하다. 명예와 돈보다는 봉사하는 삶이 훨씬 더 행복한 삶이라는 학자들의 견해를 이제야 깨달았다.

실제로 우리 어머님들이 농사를 짓고 채소를 심고 가축들을 기르면서도 벼 이삭이 비바람에 떨어질까 봐 혹은 과수원의 과일들이 상할까 봐 가축들이 병들까 봐 자식처럼 애지중지하는 모습을 자주 봤다.

어떤 때는 이웃에 음식을 나누어 주는 광경을 보고서 그동안 일 속에만 파묻혀서 살아온 나를 반성하는 건 물론, 사는 것이 어떤 것인지를 깨닫기도 했다. 이처럼 나는 시골에서 농사짓는 분들의 풍요로운 마음과 모습을 들여다볼 수 있었다는 것만으로도 행복했다.

그런데 어떤가. 도심의 생활은 전혀 그렇지 않다. 심지어 같은 아파트에서 같은 층에 사는 사람이 아파도 전혀 알 수 없는 불행한 삶을 살고 있다.

우리 어머님들이 안타까웠던 건 가족과 보내는 시간이 너무도 없다는 사실이다. 그러다 보니 명절에만 찾아오는 자식들이 그리울 수밖에 없다. 심지어 자신들의 안위에는 한 톨의 관심조차 없고 오직 자식들을 위해 농사를 짓는다.

인간은 결코 혼자서 살아갈 수 없다. 인간의 삶 중에서 가장 중요한 것은 사회적 교류이다. 특히 우리나라 노인 사회에서 가장 두드러지게 나타나는 특징은 '사회로부터의 고립'인데 이때 겪는 정서적 소외감은 불행한 노년의 주된 원인이라고 할 수 있다. 이때 필요한 것이 다양한 사회적 교류와 관계 형성인데 어르신들을 고립 상태에서 벗어나게 하는 것이 행복의 수준을 높이는 방법일 것이다.

　나는 〈마냥 이쁜 우리맘〉 프로젝트를 진행하면서 이를 잘 알게 되었다.

　촬영 시간이 턱없이 부족하지만 단 하루만이라도 우리 어머님들의 아들이 되어 그분들의 외로움을 들어주기 위해 스스로 노력을 아끼지 않았다.

　한번은 어머님의 손을 잡고 마을 시장에 갔더니 난리가 났다.

　"잘생긴 이 젊은 남자는 누구신가."

　"우리 아들이야 참 잘 생겼지."

　시장통에서 웃음꽃이 만발했다. 말동무가 되는 것만큼 어르신들에게 위안이 되는 건 없다. 효도라는 건 딴 게 아니다. 한 달에 한 번쯤은 부모님에게 안부 전화를 하고 찾아뵙는 것이 자식된 도리이다. 살아계실 때 자주 찾아뵙는 것이 나중에 후회하지 않는 길이라는 걸 알려드리고 싶다.

일전에 한 기자가 내게 물었다.

"보통의 사람들은 자신이 평안하고 생활이 넉넉할 때 남을 돕거나 배려할 수 있는데 원장님께서는 서울 강남에서 대형병원을 운영하시기도 바쁘실 텐데 어떻게 이런 프로젝트를 하시게 되었나요?"

그때 내가 이렇게 말했다.

"진정한 봉사는 넉넉할 때 하는 것이 아니라 어려운 가운데서 봉사하는 것이지요. 솔직하게 말씀드리면 〈마냥 이쁜 우리맘〉은 제가 가장 바쁜 시기에 시작한 프로젝트입니다. 전국 각지에서 몰려드는 환자들을 치료하려면 일요일을 제외하고 단 하루도 쉬는 날이 없었습니다. 외래 진료가 있는 날에는 일찍 출근해서 밤이 늦도록 진료하고 회진해야 합니다. 특히 수술이 있는 날에는 점심시간까지 놓칩니다. 그러다가 토요일 새벽 3시쯤에 일어나 우리 어머님들을 찾아뵙는 그야말로 살인적인 일정이었습니다. 사실상 쉬는 날이 없다고 봐도 무방합니다. 체력적인 한계를 느끼지만, 그래도 우리 어머님들을 뵈면 피로가 한꺼번에 다 사라집니다. 그러니 제가 아무리 지치고 힘들고 어려운 상황일지라도 기꺼이 누군가를 위해 헌신할 수 있는 것이 진정한 봉사라고 생각합니다.”

내가 이렇게 말하자 기자가 고개를 끄덕였다.

어떻게 보면 나의 의료봉사는 장기려 박사와 이태석 신부의 박애 정신에 비하면 아무것도 아니다. 하지만 새벽에 기상해 먼 길을 달려가서 우리 어머님들을 찾아뵙고 나면 웃음이 저절로 나온다. 그것은 아마 아들을 연신 웃으며 맞이해 주시는 그분들의 환한 미소 때문이 아닌가 싶다.

의료봉사에는 강한 용기가 필요하다

내가 아내에게 〈마냥 이쁜 우리맘〉 프로젝트를 진행하겠다고 처음으로 밝혔을 때 무엇보다도 나의 건강을 염려했다. 실제로 이 프로젝트를 시작했을 때는 피트니스센터는 물론, 책을 읽을 여가조차 모두 사라졌다. 그래도 운동만은 필수적으로 해야 했기에 출근 시간에 병원 계단을 오르는 것으로 유산소 운동을 대신했다.

월요일부터 금요일까지 빡빡한 병원 일정을 마치고 토요일 새벽마다 오지 마을로 떠나는 나를 보고 아내는 무척 걱정했다. 그럴수록 나는 마음을 더 단단하게 먹어야 했다. 의료봉사는 말로만 되는 게 아니라 주변의 환경도 따라줘야 하고 강한 신념이 있어야 한다. 그렇기에 내 마음을 이해해주는 아내가 곁에 있다는 것이 고마웠다.

그리고 내가 가는 곳마다 환한 웃음으로 맞아 주시고 행복해 하시는 어머님들을 보면, 피로감도 일시에 다 사라졌다. 더구나 오지에서 아무리 아파도 제대로 치료받지 못하고 고통받는 우리 어머니들을 보면, 이러한 피로감은 사실 아무것도 아니었다.

더구나 나의 작은 봉사로 인해 치료받고 병이 나으신 어머님들이 행복하게 웃는 모습을 바라보고 있는 것만으로도 나는 즐거웠다.

어느 날 하나님께 간절하게 기도했다.

"하나님, 저의 존재가 아프신 어머님들에게 힘이 되고 행복을 던져 줄 수 있다면 저의 남은 생을 온전히 다 바치겠습니다. 그때까지 부디 제 건강을 유지하도록 힘을 주소서."

그랬다. 봉사에는 강한 용기가 필요하다는 것을 처음으로 알았다. 그렇기에 끝까지 포기하지 않고 우리나라의 오지 마을에 지금도 아파서 제대로 걷지 못하는 우리 어머니들을 도울 것이라고.

요즘 우리나라 의사들의 직업 만족도는 매우 낮다. 6년간의 의학 공부와 1년간의 인턴 생활, 4년간의 레지던트 과정을 거치며 11년 동안 공부해야만 비로소 전문의가 된다. 그것도 많은 진료를 통해 경험을 쌓아야 그나마 의사로서 제대로 인정받는다.

게다가 빡빡한 진료 일정으로 인해 의사들의 건강 상태도 그리 좋은 편이 아니다. 심지어 우리나라 의사들의 암 발생률이나 비만 위험도와 환자에 대한 스트레스로 인해 평균수명이 일반인들보다 5년이나 짧다.

　게다가 의사들이 환자들로 인해 받는 스트레스는 상상외로 높다. 의사들의 대부분이 누군가의 삶과 죽음을 가르는 선택을 해야 하고 환자가 위급하면 휴일에 상관없이 한밤에도 병원으로 뛰쳐나가야 하는 게 바로 의사의 삶이다. 이렇듯 항상 긴장감을 유지하고 있어야 하기에 스트레스가 가중될 수밖에 없다.

　그런데 뜻밖에도 나는 〈마냥 이쁜 우리맘〉 어머님들의 진료를 맡으면서부터 스트레스가 한결 풀어졌다. 그렇지 않은가. 내가 가진 의술로 누군가의 관절을 고쳐서 평생 걸을 수 있다면 그것보다 더 행복한 삶이 어디 있겠는가. 우리 어머님들이 치료받은 후 지금까지 하지 못했던 일들을 척척 해나가시는 모습들을 보면 내가 의사가 된 사실이 진정으로 기쁘다.

　한번은 다리가 휘어져 몸에 딱 달라붙는 예쁜 바지를 입는 것은 상상도 하지 못했던 어떤 어머님이 계셨는데 인공관절 수술을 해드리고 난 뒤로는 다리에 딱 달라붙는 바지만 입는다고 웃었다. 심지어 예쁜 다리를 동네 사람들에게 자랑하고 다니신다는 말을 듣고서 한참 웃었다.

"나 시집가도 되겠지?"

"그럼요. 그럼요."

이처럼 내가 가진 재주로 누군가의 오랜 꿈을 이뤄드리고 일 상을 바꿀 수 있다면 이보다 더 좋은 직업이 어디 있겠는가? 나 는 우리 어머님들을 통해서 내 직업이 천직이라는 생각이 들었 다. 그래서 지금도 〈마냥 이쁜 우리맘〉 프로젝트를 시작한 것에 대해 조금도 후회하지 않는다. 더구나 어머님들을 만나고부터 의 사로서의 큰 자부심도 느끼게 되었다.

그리고 내가 봉사활동을 시작하면서 환자들을 대하는 다른 의 사 선생님들도 마음가짐이 달라졌다는 소리를 들을 때마다 내가 그분들에게 좋은 영향을 줄 수가 있어서 행복했던 적이 있었다.

무엇보다도 이 프로젝트를 유지하기 위해서는 절대적으로 건강 유지가 중요하다. 내가 건강하지 않으면 주말마다 전국을 돌아다닐 수도 없고 방송도 할 수 없기에 건강 유지는 필수다. 그래서 나는 하루도 빠짐없이 건강관리에 각별한 신경을 쓰고 있다.

음주는 철저히 피하고 영양소가 골고루 갖춰진 식단을 아내가 철저하게 준비한다. 인스턴트식품 섭취량은 대폭 줄이고 밭에서 난 싱싱한 채소들을 주로 섭취하고 고등어와 두부 등 고단백 식재료를 이용해 조리한 음식들을 즐겨 먹는다. 야식은 금하고 규칙적인 식습관을 유지하는 것이 최선의 건강관리다.

의료봉사에는 나이 제한이 없다

　나는 비교적 젊은 의사에 속하지만, 의료봉사에는 나이 제한이 없다. 체력도 좋고 에너지가 팍팍 넘치는 젊은 시기에 봉사하는 것도 좋지만, 나이가 들어서 실천하는 봉사는 환자와의 공감대 형성에 큰 도움이 된다.

　지금 한국 사회에서의 가장 시급한 문제는 의사들의 노후 대책이다. 실제로 선진국에서는 오래전부터 은퇴한 의사들의 건강을 위해 의료 단체에서 여러 가지 유익한 프로그램들을 만들었다. 평생 의사의 길만 걸어왔던 분들이 나이가 들고 은퇴할 시점이 되면 정신 건강에도 큰 문제가 생기기 때문이다.

　이런 일을 막기 위해 선진국의 경우에는 유익한 프로그램들을 만들었는데 소위 '시니어 의사'들을 위해 정기적으로 문화강좌를

개설하여 세계문화유적지를 답사한다든지, 여러 형태의 사회봉사 활동 등을 권장하고 있으며 은퇴 이후에도 자신이 가진 의술로 사회에 봉사할 수 있는 길을 국가적 차원에서 지원하고 있다.

그런데 우리나라는 그런 지원이 극소수뿐이다. 젊은 의료인들의 육성도 중요하지만, 은퇴한 의사들이 의료봉사를 실천하도록 유도하는 것도 국가가 반드시 해야 할 일이다. 실제로 내가 오지 마을을 돌아보면서 느낀 건 시골 읍내에 제대로 된 병원 하나 없다는 것이다. 심지어 위급한 상황이 발생해 진료받으려면 인근의 대도시로 나가야 할 정도로 불편하다.

병은 치료보다 예방이 더 중요하다. 그렇기에 은퇴한 의사들이 열악한 환경에 놓인 오지를 수시로 봉사할 수 있도록 국가적 차원에서 지원하면 어떨까 싶다.

사실, 나는 〈마냥 이쁜 우리맘〉 프로젝트를 진행하면서 의료봉사의 스펙트럼을 넓히기 위해 밤낮으로 뛰었지만, 생각만큼 쉽지 않았다. 그래서 우리 병원에 근무하고 있는 의사들과 함께 한 달에 한 번만이라도 내가 진료한 환자들을 점검하기 위해 마을 회관에 임시 진료소를 마련하여 우리 어르신들의 관절 건강을 꼼꼼하게 살펴드리는 것은 물론, 단순한 진료만으로 해결이 되지 않으면 메드렉스병원과 연계해 치료까지 ONE STOP으로 지원해드릴 예정이다.

의사는 사람의 생명을 살리는 직업이다. 여기에는 의료기술뿐만이 아니라 정신적인 것을 함께 요구한다. 그렇기에 봉사는 아무나 할 수 있는 게 아니라, 개인의 확고한 신념이 있어야 한다.

언제까지 내가 의사의 길을 걷게 될지 모르지만, 평생 의료봉사를 실천할 생각이다. 젊어서는 의사로서의 삶을 즐기고 나이가 들어서는 마음 맞는 동료들과 봉사활동을 한다면 이보다 더 좋은 일이 어디 있겠는가.

우리 어르신들에 대한 의료 경비는 무료다. 평소 우리 어르신들이 적절하게 치료받지 못하는 이유는 경제적인 면이 가장 크다. 의료비를 받는 일은 애초의 〈마냥 이쁜 우리맘〉 의료봉사 취지에도 어긋난다. 검사 비용부터 입원, 그리고 시술이나 수술비까지 생각하면 그 비용이 결코 만만찮지만, 무상으로 제공하는 것이 도리이다.

덕분에 〈마냥 이쁜 우리맘〉 프로젝트는 주위로부터 '사랑의 전도사'라는 과분한 칭찬을 한 몸에 받고 있다. 그래서인지 의료봉사할 때마다 지역 군청이나 지자체의 반응이 늘 뜨겁다.

심지어 방송을 본 시청자들은 밀려오는 감동 때문에 방송이 끝나고도 잠을 이루지 못한다고 한다. 특히 서로 의지하며 살아가는 노부부의 오붓한 모습을 바라보는 것이 참 좋았다고 한다. 또한 지역 주민들의 반응도 폭발적이다. 서울에서 유명한 의사가 아픈 관절을 고쳐주기 위해 방문했다는 소식을 들으면 과일과 음식을 마련하여 미리 기다리시는 분들도 많다.

시간이 나서 마을 주민들까지 일일이 진료해 드리면 좋겠지만 그렇지 못한 경우가 더 많아서 안타까운 적도 더러 있었다. 어떤 때는 〈마냥 이쁜 우리맘〉의 1박 2일 일정이 턱없이 부족해서 발을 동동 구른 적도 있다. 그래서 메드렉스병원 정형외과 의사들과 다시 한번 팀을 꾸려서 어르신들을 치료해 드릴 예정이다.

십시도로 향하는 바다 위에서

새벽 다섯 시에 눈을 떴다. 간밤에 5분 간격으로 알람을 맞춰 뒀다. 전날 여러 건의 수술로 인해 몸이 무척 피곤했으나 다행히 제시간에 일어났다. 〈마냥 이쁜 우리맘〉 프로젝트 촬영이 있는 날은 이상하게도 긴장되어 잠을 뒤척이다가 늦잠을 자기가 일쑤였다.

나는 잠든 식구들이 깨지 않게 고양이 발걸음으로 살금살금 주방으로 가서 냉수 한잔을 마시고 필요한 옷가지를 챙겨 트렁크에 실었다. 준비물만 한 보따리였다.

자동차로 두 시간을 달리자 서서히 동이 트기 시작했다. 지평선 너머로 아침 해가 붉게 떠오르고 있었다. 살면서 내가 이토록 아름다운 일출을 본 적이 그동안 몇 번이나 될까? 그것은 하나의

경이(驚異)였다.

　새벽녘 한적한 도로를 달리면서 삽시도에서 뵐 어머니를 생각했다. 며칠 전 방송 스태프들로부터 이번에 뵐 어머니는 〈마냥 이쁜 우리맘〉에 출연한 환자들 가운데에서도 관절 상태가 매우 심각하다는 사실을 미리 언질을 받은 탓에 적지 않게 긴장되었다. 그럴수록 마음이 앞서 어머님을 빨리 뵙고 치료해 주기 위해 나는 차의 속도를 높였다.

　대천 여객터미널에 도착하자 스태프들이 반갑게 나를 맞아 주었다. 그들은 하루 전에 와 있었던 것 같다. 배 위에 몸을 싣고 난 뒤 선상 쪽으로 올라가 수평선을 바라보았다. 사십 분 남짓 삽시도로 향하는 동안, 눈부신 아침 해와 붉은 바다 위를 거침없이 날고 있는 갈매기들의 비상이 시름을 다 씻어내 주었다.

간밤 아내가 멀미약을 가방에 미리 챙겨두었지만, 한갓 기우였다. 바다의 파도는 예상과 달리 잔잔했고 나는 아름다운 풍경에 젖어 멀미할 겨를도 없이 배는 삽시도에 닿았다.

전날, 초등학생인 작은 아들이 말했다.

"아빠, 이번 주말에는 어디로 의료봉사 가세요?"

"서해안 삽시도라는 섬에 가는데, 그건 왜?"

"저도 다른 아이들처럼 아빠와 엄마랑 주말에 캠핑 가고 싶어요."

갑자기 가슴이 철렁 내려앉았다. 그도 그럴 것이 그동안 프로젝트를 시작하고부터 가정에 소홀했던 것이 이제야 생각났다.

그러나 어쩌랴.

고등학생인 큰아들은 그나마 철이 들었는지 이렇게 말했다.

"아빠가 좋은 뜻에서 의료봉사하러 가는 거니 조금만 더 참아."

그 순간 아내가 맞장구쳤다.

"맞아. 아빠가 TV에서 아픈 할머니들을 돕고 있는 모습을 보면 얼마나 자랑스럽니."

나는 아내와 큰아들이 고마웠다. 뜻하지 않은 응원이었다.

어머님이 사시는 집을 향해 걸으면서 나는 스태프들과 방송 일정에 관해 이야기를 나누었다. 어머님이 지팡이를 짚고 문밖에서 기다리고 있었다. 새벽부터 달려온 터라 피곤했지만 나를 뜨겁게 안아주시면서 맞아 주시는 얼굴을 보자마자 피로가 눈 녹듯이 사라졌다.

집 앞마당에는 어머님이 손수 기른 배추들이 산더미처럼 쌓여 있었다. 너른 밭에서 캔 배추였다. 무릎 통증으로 인해 제대로 서 있지도 못하는 불편한 몸으로 농사를 지었다는 사실이 도저히 믿기지 않았다. 나와 성연 씨는 간단하게 인사를 마친 후 밭에 남은 배추 뽑기에 나섰다.

그동안 〈마냥 이쁜 우리맘〉 프로젝트를 진행하며 일손을 도운 경험이 있어서인지 구체적으로 일러주시지 않아도 나와 성연 씨는 척척 배추를 뽑고 칼로 다듬었다.

그 광경을 본 어머님은 날렵한 솜씨에 의외라는 듯 활짝 웃었다. 우리는 그럭저럭 일거리들을 해결한 뒤 무릎이 아파서 마음껏 돌아다니시지 못했다는 말씀을 듣고 어머님을 부축하고 성연 씨와 함께 섬마을 갯벌로 나섰다. 어머니는 기분이 좋았는지 갯벌에서 일하고 있는 마을 사람들을 보고 크게 소리치셨다.

"영훈 엄마, 내가 무릎 다 낫고 나면 보란 듯이 낙지 몽땅 잡으러 갈 테니 내거 남겨 놔."

그리고 환하게 웃었다.

두번째 이야기

바람이 많이 부는 어느 절벽에 앉아 파도가 몰아치는 해안가를 성연 씨와 어머님, 우리 셋이 멍하니 바라보면서 어머님께서 우리에게 하셨던 얘기가 아직도 잊혀지지 않는다.

"양아들, 양딸! 언제든 세상살다가 힘이 들면 여기 삽시도로 놀러와. 엄마가 맛있는 거 해줄게."

그 말을 듣는 순간 눈물이 울컥하고 쏟아질 듯 감동이 몰아쳤다. 진심으로 어머님의 아들이 된 기분이었다.

시간은 너무도 빨리 흘렀다. 우리가 떠날 시간이 되자 어머님은 눈물을 하염없이 쏟아냈다. 그런 모습을 본 성연 씨가 꼭 안아드렸지만, 어머님의 얼굴에서는 연신 진한 아쉬움이 묻어나왔다.

"어머님, 지금은 헤어져야 하지만 곧 다시 만날 겁니다. 제가 있는 병원으로 며칠 뒤에 모실 테니 그때까지만 기다려주세요."

그제야 어머님이 눈물을 그치시면서 활짝 웃었다.

덕분에 우리도 가벼운 마음으로 배에 오를 수 있었다.

그동안 어머님은 젊은 시절부터 생계유지를 위해 갖은 고생을 하셨기에 쪼그려 앉지도 못하고 엎드려서 일해야 할 정도로 무릎 통증이 심각해 치료가 급선무였다.

서울로 돌아오는 길, 유난히 차가 막혔다. 집에 도착하니 자정이 훨씬 넘은 시간이었다. 아내와 아이들이 깨지 않게 조심조심 내 방으로 들어가 샤워했다. 옷에는 적지 않은 흙과 먼지들이 묻어 있었다. 욕조에 묻은 흙과 먼지들을 씻어내고 침대에 누워서 생각했다. 나도 모르게 눈물이 흘러나왔다.

그리고 다짐했다. 아픈 무릎과 허리로 인해 고통받는 우리 어머님들을 전부 낫게 해드릴 것이라고. 건강한 사람들처럼 마음껏 걸으실 수 있게 해드리겠다고. 하나님이 나에게 허락하시는 한, 여생을 잘 보내실 수 있도록 도와드리겠다고 나는 간절히 기도했다.

〈마냥 이쁜 우리맘〉의 딸, 배우 성연 씨

사랑스럽고 효심 깊었던 딸, 배우 우희진 씨가 〈마냥 이쁜 우리맘〉을 떠나고 새로운 딸로 배우 강성연 씨가 들어왔다. 성연 씨의 합류 소식을 스태프들로부터 들었을 때 나는 무척이나 기뻤다. 성연 씨가 '장녹수' 역할로 출연했던 '왕의 남자'를 재미있게 본 적이 있었고, 지상파 방송에서 인기리에 방영되었던 예능 프로그램에서의 활약상을 눈여겨보기도 했었다. 육아도, 살림도, 음식 솜씨도 뛰어난 성연 씨가 프로젝트에 합류한다고 했을 때 나는 천군만마를 얻은 듯한 기분이 들었다.

성연 씨와의 첫 만남은 가을의 끝자락에 이뤄졌다. 나를 만나기 위해 병원으로 온 성연 씨는 별것 아닌 이야기에도 까르르 웃을 정도로 밝고 쾌활했다. 그런 성연 씨의 모습을 보고 나도 덩달아 흥이 올랐다.

그렇게 우리는 만나서 수다를 한참 떨었다. 그동안 내가 치료해 드렸던 〈마냥 이쁜 우리맘〉 어머님들에 관한 스토리와 에피소드들도 전달해 주기도 했고, 또 어머님들께 사랑받을 수 있는 비결까지 세세하게 알려주기도 했다.

성연 씨가 말했다.

"참 보람 있는 봉사가 될 것 같아요."

나도 웃으면서 말했다.

"그럼요. 이 세상에서 이보다 더 행복한 봉사가 어디 있겠어요."

성연 씨는 내가 전해주는 팁을 하나라도 놓칠세라 귀를 쫑긋 세웠고, 요리 이야기가 나오자 그것만은 자신이 잘 해낼 수 있다며 열성적이었다.

실제로 성연 씨는 〈마냥 이쁜 우리맘〉 어머님들을 만나 뵈러 갈 때마다 앞치마를 챙기는 것은 물론, 음식에 필요한 조미료와 양념들을 철저하게 준비했다. 게다가 싱싱한 해산물을 넣은 파스타부터 풍미가 일품인 사과 도넛까지 만들어서 대접했다. 한마디로 그녀의 요리 솜씨는 거짓말 조금 보태면 예술 그 자체였다. 덕분에 나까지 행복하게 했다.

그렇게 우리는 호흡이 척척 맞았다. 그동안 우리는 충남 태안,

예산, 강원도 철원, 춘천, 경남 산청, 경북 안동의 어머님들을 찾아 뵈었다. 더 놀라운 건 성연 씨의 세심한 마음이 담긴 꽃편지였다.

세상에서 가장 아름다운 서미 어머님께

20대 꽃보다 더 어여쁜 나이에 시집와서
그녀는 본인의 이름을 깊은 바다에 묻고 살았습니다.
꿈 많고 열정적이었던 나의 이름 서미
이젠 찾고 싶습니다.
건강하고 당당하고 아름답게 다시 살고 싶습니다.
응원과 사랑을 보내고 싶어요.
사랑합니다.

마냥 이쁜 딸 성연 드림

성연 씨의 진심이 담긴 꽃편지를 읽고 어떤 어머님은 눈물을 흘리시기도 했다. 이토록 아름다운 편지가 이 세상에 또 어디에 있겠는가. 이렇게 예쁘고 귀한 딸이 내 곁으로 와서 얼마나 행복한지 모르겠다고 말씀하셨다.

이렇게 특별한 하루를 보내고 헤어질 때면 마지막까지 남아

어머님의 손을 붙잡아드리고, 꼭 안아드리는 사람이 바로 성연 씨였다. 심지어 성연 씨는 서울로 가는 차에 오르면서도 이별의 진한 아쉬움과 섭섭함 때문에 계속해서 뒤를 돌아본다. 그렇게 정이 많고 효심 깊은 딸이었다. 그런 모습을 보면 나도 눈물을 글썽거릴 수밖에 없었다.

성연 씨와 〈마냥 이쁜 우리맘〉 프로젝트를 함께 진행한 덕분에 의미 깊은 추억을 더 많이 쌓을 수 있었고 더 많은 선물을 어머님들에게 전할 수 있어서 기뻤다. 그도 그럴 것이, 남자인 나보다는 아무래도 여자인 성연 씨가 어머님들의 마음을 더 섬세하게 헤아릴 수 있기 때문일 것이다. 나와 성연 씨는 부족한 부분들을 서로 메워주면서 촬영할 수 있었기에 방송이 풍성해졌다.

그동안 나는 그런 성연 씨에게 쑥스러워서 그 고마움을 일일이 표현하지 못한 적이 많았다. 지금이라도 성연 씨에게 〈마냥 이쁜 우리맘〉의 새로운 배우 딸로 와 줘서 진심으로 고맙다는 말을 전하고 싶다.

특별한 가족사진을 찍다

〈마냥 이쁜 우리맘〉 프로젝트를 통해 경남 산청에 살고 계시는 재순 어머님을 만나게 됐다. 체구는 아주 작았지만, 밤톨처럼 야무진 얼굴이 인상적이었다. 아침부터 밤까지 잠시도 쉬지 않고 일을 해서일까. 일전에 사진으로 봤던 모습보다 훨씬 더 왜소해 보이는 것 같아 마음이 아팠다.

젊은 날, 재순 어머님은 아이들과 먹고살기 위해 한시도 손에서 일을 놓을 수가 없었다고 하셨다. 그로 인해 예순의 이른 나이에도 불구하고 심장에 무려 다섯 개의 철관을 심는 수술을 받아야만 할 정도로 건강 상태가 나빴다고 한다. 다행히 심장 수술은 잘 되었지만, 문제는 아픈 다리였다.

실제로 한눈에 보아도 심하게 부어오른 무릎은 내가 짐작했던 것보다 훨씬 증상이 심각해서 '퇴행성관절염'이 상당히 진행된 것 같았다. 물론, MRI 검사를 통해 상태를 더 자세히 봐야 알 수 있겠지만 심히 걱정되었다. 일단 나는 무릎에 대한 걱정을 접어 두고, 그동안 농사일에 파묻혀 사느라 나들이 한번 나서기 힘들었다는 노부부를 위해 유명한 억새 군락지인 '황매산'으로 발길을 향했다.

노부부에게는 참 오랜만에 가는 소풍이었다. 거짓말 하나도 안 보태고 10여 년만의 나들이라고 했다. 나와 성연 씨는 그 말씀을 듣고 마음이 아팠다. 나와 성연 씨는 선글라스와 모자를 쓰고 노부부와 함께 황매산 구경에 나섰다.

"오래 살다 보니 이런 복도 다 있네."

노부부는 소풍을 가면서도 꿈인지 생시인지 우리에게 자꾸 되물었다. 우리는 두 분이 다정하게 걸으시는 모습을 추억으로 남기기 위해 멋진 선글라스와 페도라, 스카프를 준비했다. 노부부는 선물을 받고서는 아이들처럼 뛸 듯이 좋아했다.

황매산이 전국적으로 유명한 억새 군락지라는 것을 일전에 영상으로 접한 적이 있었는데, 눈으로 직접 보니 무척 아름다웠다. 무엇보다도 억새밭을 다정하게 걷는 노부부의 모습은 더없이 행복하게 보였다.

성연 씨는 무릎이 아픈 어머님이 힘드실까 봐 부축해 드렸는데 다행히 목표한 지점에서 단란한 가족사진을 찍을 수 있었다.

"의사 아들과 배우 딸과 함께 이렇게 멋진 추억을 남길 수 있다니 기분이 최고네."

노부부는 연신 엄지손가락을 치켜세웠다. 행복이라는 건 바로 이런 것이 아니겠는가.

재순 어머님은 황매산을 구경하는 동안 늘 싱글벙글 웃으셨다. 오랜만의 나들이가 좋았던 데다가 의사 아들과 배우 딸과 함께 멋진 페도라와 스카프를 두르고 팔짱을 끼고 걸을 수 있어서 더 좋았다고 했다.

남편도 재순 어머님이 이렇게 활짝 웃으시는 모습은 처음 보았다며, 덩달아 춤을 추며 좋아했다. 그 모습을 보자 평생 자식을 위해 헌신해 오셨던 노부부에게 소중한 추억을 선물해 드릴 수 있어서 다행이라는 생각이 들었다.

우리는 황매산 나들이를 마친 후, 남은 일손을 거들고 집을 나섰다. 바람이 차가우니 집에 계시라고 한사코 만류했는데도 끝내 노부부는 마을 어귀까지 배웅해주셨다.

"재순 어머님, 우리 서울 병원에서 다시 만나요. 그때까지 보고 싶어도 참아요."

"그래그래, 조심해서 가."

그제야 노부부는 아쉬웠던 손을 거두고 집으로 돌아갔다.

서울로 오는 길, 노부부와 함께 찍은 가족사진을 보며 나도 모르게 웃음이 나왔다. 어머님, 아버님이 이제는 농사일 좀 줄이시고, 가족사진처럼 영원히 행복하시기를⋯.

성연 씨의 탁월한 아귀찜 요리

　이번 겨울은 유난히 날이 춥다. 바람이 조금만 불어도 귓불이 금방 붉어지고 손이 시려온다. 연일 추운 날씨가 이어지다 보니 이른 새벽 따뜻한 이불 속에서 몸을 빼내는 것조차 쉽지 않다. 알람이 울릴 때마다 온기가 감도는 방 안에서 계속 누워있고 싶은 욕망을 간신히 떨치고 세면대로 가서 씻고 출근 준비를 한다.

　매주 월요일부터 금요일, 하루도 빠짐없이 병원으로 출근해 진료를 보고 수술까지 집도하면 나도 사람인지라 많이 지친다. 게다가 그런 몸으로 토요일 이른 새벽부터 어머님들을 찾아뵈어야 하니 쉴 틈이 전혀 없는 게 무척 힘들다. 그래도 의사 아들이 오기만을 손꼽아 기다리시는 어머님들을 생각하면 일시에 모든 피로가 눈 녹듯이 녹아내린다.

이번 안동의 이녀 어머님을 만나러 갈 때도 그랬다. 금요일 늦은 밤까지 진료하고 다음 날 새벽 2시에 일어나서 곧바로 안동으로 달려왔기에 눈두덩 주위가 뻐근해질 정도로 고단했다. 하지만 나를 바라보고 활짝 웃으시며 반기시는 얼굴을 뵙고 나면 에너지가 다시 샘솟는다. 내가 생각해도 정말 놀라울 정도의 에너지다.

　나와 성연 씨는 어머님을 뵙기 전에 먼저 안동의 명소 '월영교'에서 하회탈을 쓰고 만나기로 약속했다. 하회탈은 안동시 하회마을에서 마을을 지키는 수호신을 경배하기 위해 고려 중기 때부터 시작된 탈놀이에 사용되며 국보로 지정되어 있을 정도로 유명하다. 특히 양반사회를 비판하고 꾸짖는 한국인의 얼굴로 칭

송될 정도로 조형예술의 가치가 뛰어난데 종류가 양반, 선비, 백정, 할미 등 무려 열한 가지나 된다.

나는 각시 하회탈을 쓰고 월영교를 건너기 시작했고, 성연 씨는 양반 하회탈을 쓰고 월영교 중간에서 만났다. 우스꽝스러운 서로의 모습을 보고 우리는 깔깔 웃었다. 매주 만나지만, 언제와도 반가운 성연 씨와 함께 일주일 동안 밀린 수다를 실컷 떨었다. 그런 후 〈마냥 이쁜 우리맘〉 이녀 어머님과 함께 먹기 위한 반찬거리를 사러 하회탈을 쓴 채로 안동 중앙 재래시장으로 향했다.

사람이 어찌나 많았던지 수많은 인파를 헤치고 나서야 겨우 시장 안으로 들어설 수 있었다. 평소 어머님은 고기를 잘 드시지도 못하는데 그날 먹고 싶은 것이 '아귀찜'이라는 이야기를 스태프들로부터 미리 전달받았다. 구석구석을 찾아 헤맨 끝에 드디어 싱싱한 아귀를 팔고 있는 가게를 발견했고, 성연 씨는 매의 눈으로 아주 싱싱한 아귀를 샀다. 그런데 문제는 이 아귀를 어머님의 입맛에 맞게 요리할 수 있을까.

성연 씨가 그런 나의 마음을 읽었는지 '아귀찜쯤이야 눈 감고도 할 수 있다.'라며 요리하는 시늉을 했다. 한시름 놓은 것이다.

"진짜요? 아귀찜 요리를 할 수 있다고요?"

"호호, 저도 두 아이를 키우는 엄마예요. 이 정도는 충분히 할 수 있어요. 나중에 맛을 보고 놀라지나 마세요."

과연 성연 씨는 거짓말 하나도 보태지 않고 아귀찜을 만들었다. 그녀는 뛰어난 요리사였다. 성연 씨는 어머님 댁에 도착하자마자 레시피를 보지도 않고 본인의 노하우로 양념장을 뚝딱 만들더니 순식간에 군침 도는 아귀찜 한상을 차려냈다. 게다가 고기를 좋아하는 아버님을 위해 불고기를 준비하는 섬세함까지 보였다. 그날 나는 성연 씨 덕분에 배를 든든하게 채울 수 있었다.

성연 씨가 맛있는 요리를 대접하는 것으로 효도했다면, 나는 농한기 일손을 거드는 것으로 마음을 전했다. 한바탕 수확이 끝난 비닐하우스에 널린 짚단들을 단정하게 묶고, 노부부가 그동안 엄두도 내지 못했던 밀린 일들을 하나씩 도와드렸다.

"젊은 의사 아들이 이렇게 도와주니 천군만마를 얻은 것 같다."고 어머님이 웃었다. 그런 후 무릎 상태까지 살펴드리고 나서야 서울로 올라올 수 있었다.

얼마 후 어머님은 무릎 수술을 받으셨고 매우 성공적이었다. 왼쪽 무릎의 연골이 많이 손상돼 '인공관절 수술'을 진행했는데, 수술 2~3일 후부터 혼자서 병원 복도를 걸어 다니실 정도였다.

"내 평생 못 걸을 줄 알았는데 꿈인지 생시인지 모르겠네."

어머님은 걷는 게 이렇게 행복한 줄 몰랐다며 눈물을 글썽거렸다. 그걸 바라보는 나 역시 말로 표현할 수 없을 정도로 기뻤다.

"어머님, 안동으로 돌아가시면 너무 일만 하시지 마시고, 아버님과 함께 행복한 추억을 쌓으시며 남은 생을 즐겁게 보내세요."

나는 병실을 나서는 노부부의 다정한 뒷모습을 바라보면서 '정녕 행복이란 무엇일까?'를 잠시 떠올렸다.

언제나 든든한 의사 아들

내가 〈마냥 이쁜 우리맘〉 프로젝트를 시작한 후, 나는 어느새 농부가 되어 있었다. 논밭에 자라난 잡초를 뽑고 거름을 주고, 가축에게 여물을 주고 배추를 뽑아 소금에 절이고 양념을 묻혀 김치까지 담는 내 모습을 보고 아내도 놀라워했다. 환경이 사람을 변화시킨다는 말은 틀림이 없었다.

하긴, 어릴 적부터 대도시인 서울에서만 살아온 나로서는 엄두조차 나지 않는 일이었지만, 의료봉사가 그만큼 나를 성장시킨 것이다. 그런 나를 보고 아내는 "이젠 당신이 살림해도 되겠네요." 하며 깔깔 웃었다. 내가 의료봉사하는데 있어서 누구보다도 정신적으로 도움을 주는 사람은 아내였다. 아내의 적극적인 후원과 이해심이 없었다면 아마 의료봉사는 시작조차 하지 못했을

것이다.

처음엔 논에 자란 것이 잡초인지 아닌지 구분조차 못해 당황한 적도 여러 번 있었다. 한번은 장화를 신고 물이 가득한 논에 발이 빠져 허우적대는 모습을 보고 마을 사람들이 구해준 적도 있었다. 그렇게 농사일이 서툴렀던 내가 전국의 어머님들을 찾아뵙고 농번기 일손을 도우면서 자연스럽게 실력이 늘어났다.

지금은 어머님들이 "아들, 이것 좀 해줘 저것 좀 해줘." 부탁하면 눈치껏 척척 해낼 정도로 익숙해졌다. 김매는 것은 기본이고, 갯벌에서 조개를 캐고, 낡은 집을 고치고, 장작을 패고, 김장까지 깔끔하게 해내는 경지에 이르렀다. 이 모든 것은 어머님들에게 잘해 드리려고 애쓴 노력의 결과였고 언제나 든든한 아들이 되어드리고 싶은 나의 진심이 있었기에 가능했다.

의사로서 단순히 아픈 곳만 치료해 드리는 것이 아닌, 언제든지 어려운 일이 있으면 부탁할 수 있고, 지치고 힘들 땐 기댈 수 있는 그런 아들이 진정으로 되고 싶어서 하나라도 더 배우려고 열심히 노력한 결과다. 그런 내 마음을 이해하고 알아주시는 어머님들이 눈물 나게 고마웠다.

마침내 농한기인 겨울이 찾아왔다. 추수가 끝난 시골은 그해 11월부터 다음 해 4월까지가 농한기지만 농부들은 놀 수가 없다. 이 시기에도 집안 곳곳을 보수해야 하고, 김장도 해야 하는 등 허

리 펼 새 없이 오히려 더 바쁠 정도로 할 일이 산더미처럼 쌓여 있다.

나는 허리가 불편한 어머님의 김장을 돕기로 했다. 배추를 뽑고 난 뒤 개울로 가서 깨끗하게 씻고 양념을 버무리는 작업까지 했다. 그때 김장이 엄청난 체력을 요구하는 일이라는 사실을 처음으로 알았다. 그래도 일손을 조금 보탠 덕분에 일찍 김장을 끝낼 수 있었다. 이렇게 김장을 다 끝내야 우리 어머님이 마음 편하게 무릎 수술을 받고 재활치료를 하면서도 김장 걱정을 하지 않을 테니 한결 마음이 뿌듯했다.

김장을 마치자 어머님은 겨우내 먹어도 부족하지 않을 만큼의 김치를 트렁크에 꽉 찰 정도로 챙겨주셨다. 어머님께서 나를 진심으로 아들로 여겨주시는 것 같아서 집으로 돌아오는 내내 가슴이 벅찼다. 나는 아내에게 어머님들과 담근 김장을 전해주면서 이렇게 말했다.

"직접 김치를 담가보니 주부들이 얼마나 힘든 노동을 하고 있는지 깨달았어."

아내가 입을 삐죽거리면서 말했다.

"〈마냥 이쁜 우리맘〉 방송 덕분에 내가 편해진 것 같네. 호호호."

나는 〈마냥 이쁜 우리맘〉 어머님들의 손을 잡으면서 이렇게 말씀드린다. 그저 건강하시기만 하면 된다고. 수술 잘 받으시고 앞으로 남은 삶, 그저 행복하고 즐겁게 지내시면 그걸로 이 의사 아들은 더 바랄 게 없다고 말이다.

혼자 걷는 기쁨

겨울이 무서운 어머니들

장갑을 끼지 않으면 손이 얼얼해 감각이 없을 정도로 추운 겨울 날씨다. 이런 날씨가 지속되면 자연스레 연세가 많은 〈마냥 이쁜 우리맘〉 어머님들이 걱정된다. 대개 우리 어머님들은 겨울나기가 무섭고 두렵다고들 한다.

왜냐하면, 기온이 급격하게 내려가면 무릎 주변의 연부 조직인 근육 인대 등이 굳으면서 유연성이 떨어져 통증이 극도로 심해지기 때문이다. 내가 실제로 〈마냥 이쁜 우리맘〉을 진행하면서 뵌 대부분의 어머님들이 그랬다. 그래서인지 어머님들은 겨울을 가장 두려워했고 싫어했다. 그런 탓에 꼼짝없이 집 안에만 갇혀 계시는 어머님들이 많았다.

나는 어머님들의 기분 전환을 위해 시장에라도 모시고 나가고 싶은데도, 걸을 때마다 무릎 전체에 퍼지는 통증으로 인해 엄두조차 못 내시는 경우가 다반사다. 하지만 그럴수록 나는 바닷가로 나가 해지는 것을 구경시켜드리기도 했고, 산에 올라가 신선한 공기를 마시라고 재촉하기도 했다. 그럴 때면 우리 어머님들은 잠깐의 외출이었음에도 아이들처럼 매우 좋아하셨다.

"내 인생에 또 이런 날이 올까?"

지금도 웃으시는 어머님들의 모습이 떠오른다.

서울로 오면서 나는 어머님들에게 약속하곤 했다.

"어머님, 서울에 오시면 한겨울에도 아프지 않게끔 다 치료해드릴게요."

우리가 오지 마을을 떠나고 며칠 후면 어머님들은 병원으로 다시 찾아오신다. 다양한 검사를 진행한 뒤, 비수술부터 수술까지 아우르는 다양한 방법을 통해 무릎을 치료해 드린다.

그렇지만 문제가 있다. 혼자서 서울을 찾아오시기는 사실상 무리여서 보호자의 도움을 항상 받아야 하는데 그조차 쉽지 않다. 더구나 걸을 때마다 찾아오는 통증 때문에 혼자 서 있기조차 힘들다. 그럴 때면 따로 마을 사람들에게 부탁하거나 가족이 없을 때는 할 수 없이 병원에서 사람을 보내기도 한다. 이 또한 봉사의 일부이다.

그리고 어머님들은 수술과 치료를 받은 직후에는 잔뜩 인상을 찌푸리다가 하루 이틀이 지나면 무슨 일이 있기라도 했느냐는 듯 누구의 도움도 없이 혼자 걸어서 병원을 나선다. 나는 그런 어머님들의 모습을 볼 때마다 기쁨의 눈물을 흘린다.

프랑스의 철학자 아나톨은 '이 세상에서 가장 참다운 행복은 남한테서 받는 것이 아니라 내가 남에게 주는 것이다. 물질적인 것이든, 정신적인 것이든 그것이 인간에게 가장 아름다운 행복이다.'고 말했던 적이 있다. 그렇다. 이것이 바로 내가 의사로서 걸어가야 할 길이 아니겠는가.

치료받고 고향으로 돌아가시는 어머님들에게 나는 언제나 이 말을 잊지 않고 건넨다.

"어머님, 앞으로 겨울 따위 무서워하시지 마세요. 이젠 추운 겨울이 와도 하나도 아프지 않으실 거예요."

그러면 고향으로 가는 차에 오르며 꼭 이렇게 말씀하신다.

"내가 이 고마움을 어떻게 다 갚아야 할지 모르겠네. 건강하고 복 많이 받아."

그동안 우리 어머님들은 아무런 대책도 없이 무릎 통증을 참으면서 살았을 것이고 한 톨의 희망조차 없었을 것이다. 그렇기에 나는 진짜 도움을 주는 의사 아들이 되고 싶었다.

"어머님, 그동안 어떻게 이 아픔을 참으면서 사셨어요?"

"애고. 좌우지간 늙으면 어서 죽어야 해. 이게 다 나이 탓이라는데….”

하지만 이젠 걱정하시지 않아도 된다. 〈마냥 이쁜 우리맘〉 프로젝트가 생기고 의사 아들이 찾아와서 아픈 무릎을 치료해 주니까.

어떤 분은 내게 천사라고 하시기까지 했다. 그러나 나는 천사가 아니라 그분들을 진정으로 사랑하는 의사 아들일 뿐이다.

세번째 이야기

사랑이 있으면 기적은 이루어진다

　매주 금요일, 외래 진료와 회진까지 마치고 병원을 나서는 길. 내일이면 〈마냥 이쁜 우리맘〉 어머님을 만나러 간다는 생각만 해도 내 입가에는 어느새 미소가 드리운다. 금요일 밤이라서 유난히 막히는 도로, 자연스럽게 좋아하는 음악을 틀고 볼륨을 높인다. 노래를 흥얼거리며 집에 도착해서 가족들과 함께 모여 저녁을 먹고 일찍 잠자리에 든다. 다음날 이른 새벽부터 〈마냥 이쁜 우리맘〉 어머님을 뵙기 위해 일찍 집을 나서야 하기 때문이다.

　새벽 3시, 알람이 울렸다. 나는 곧장 잠자리에서 일어나 찬물로 세수한 뒤 전날에 쌓인 눈의 피로를 말끔하게 지웠다. 그런 후 차를 몰고 새벽녘 차가운 공기를 뚫고, 산간벽지를 열심히 달려 〈마냥 이쁜 우리맘〉 어머님이 사시는 마을에 도착했다. 그날은 평소와 달리 마땅히 주차할 곳이 없어서 마을 어귀에 차를 세워 두고 어머님 댁까지 걸어서 갔다.

그런데 내게는 이 시간이 가장 마음이 설렌다. 오늘은 또 어떤 어머님을 만나서 어떤 추억을 쌓게 될지, 의사 아들로서 어떤 도움을 드릴 수 있을지를 떠올리며 걸어가는 이 길은 말로 표현할 수 없을 정도로 행복하다.

물론, 대부분 댁까지 찾아가지만, 기다리시지 못해 마을 입구까지 직접 마중 나오시는 어머님들도 간혹 계신다. 무릎 통증이 심하고, 휘어진 다리로 어떻게든 집 밖으로 걸어 나와서 나를 기다리시는 어머님이 먼발치에 보이기라도 하면 한달음에 달려가 인사를 건네고 따뜻하게 안아드린다.

지금도 나는 그 기쁜 표정을 도무지 잊을 수가 없다. 반달처럼 휘어지며 곡선을 그리는 눈, 한껏 올라간 입꼬리. 서울에서 당신을 보기 위해 한달음에 달려온 아들이 얼마나 반가우시면 저렇게 환하게 웃으실까 싶다.

대개 첫 인사가 끝나면 어머님들은 예쁜 소녀 시절로 돌아가서 내 손을 수줍게 잡으시고 집까지 안내해주신다. 나는 다리를 절뚝이며 걸어가시는 어머님을 뒤따라가면서 생각에 잠기기도 하고 때로는 미어지는 가슴을 진정시킨다. 그럴 때마다 어머님의 아픈 무릎을 고쳐드리겠다고 결심하기도 한다.

　'미스코리아처럼 곧게 뻗은 다리로 집까지 걸어 다니실 수 있게 하리라고.'

　그동안 나는 매주 〈마냥 이쁜 우리맘〉 프로젝트를 진행하면서 비수술부터 수술까지 아우르는 다양한 치료법을 이용해서 어머님들의 무릎과 다리를 고쳐드렸다. 연골이 조금이라도 남아있는 분들에게는 몸에 부담을 주지 않는 주사 치료와 휜다리 교정술을 진행해드렸고, 연골이 모두 소실되어 퇴행성관절염 말기 소견이 보이는 분들에게는 인공관절 수술을 통해 손상된 무릎 관절을 절삭하고, 특수 금속 소재의 인공관절을 삽입해 다시 건강한 걸음을 내디딜 수 있게 도와드렸다.

얼마 전, 인공관절 수술을 받고 내원하신 한 어머님이 계셨다. 처음 찾아뵈었을 때는 무릎이 아파 엉금엉금 기어 다니거나, 보행기에 의존해야 할 정도로 상태가 심각했지만, 수술 후에는 마음껏 동네 구경을 할 정도로 빠르게 회복했다며 아이처럼 좋아하시기도 했다.

나는 그런 모습을 보면 웃음이 저절로 나온다. 진료실을 나와 엘리베이터까지 배웅하고 돌아서는 순간, 이런 생각이 머릿속을 스쳤다.

내가 의사가 되지 않았더라면,
어떻게 이런 기적을 만날 수 있었을까.
어떻게 이런 행복과 기쁨을 느낄 수 있었을까?

세번째 이야기

병원을 나서기 전 꼭 하는 일

나는 퇴근하기 전 〈마냥 이쁜 우리맘〉 어머님들이 입원해 계시는 병실에 들러 어머님들의 건강 상태를 반드시 확인한다. 하루 동안 불편한 점은 없으셨는지 외롭지는 않으셨는지, 매일 습관처럼 세심하게 살핀다. 물론, 간호사들이 꼼꼼하게 살펴주지만, 그래도 내가 어머님들을 직접 뵙고 하루를 마무리해야만 마음이 편하다.

내가 병실 문을 들어서면 어머님들은 "우리 의사 아들 왔냐."고 반갑게 맞아 주시고는 끼니는 챙겨 먹었는지 묻기에 바쁘다. 외래 진료를 마치고 달려온 터라 저녁 먹을 시간이 없을 때가 대부분이지만 걱정하실까 봐 "먹고 왔다."며 선의의 거짓말을 하기도 한다. 먹지 않았다고 하면, 정작 당신의 회복에는 아랑곳하지

않고 무엇이든 먹을 것을 주려고 냉장고로 달려가기가 바쁘다.
그러시다가 행여 다칠까 봐 염려스럽다. 그래도 못내 아쉬워서
귤이나, 과자, 두유 같은 것을 손에 꼭 쥐여주신다.

"의사 아들, 아픈 사람들을 치료해 주려면 든든하게 밥을 먹어
야 해."

"그럼요. 우리 어머님이 최고예요."

그 순간 병원에는 웃음꽃이 만발한다. 이것이 바로 사랑이고
행복이 아니겠는가. 하긴 어머님들은 그 아픈 몸으로 하루도 쉬
지 않고 일을 하셨으니, 창밖으로 빌딩만 가득한 병실이 얼마나
따분하겠는가. 간혹 가족들이 찾아오시는 분들도 있지만 그렇지
못한 어머님들이 훨씬 많다. 그러다 보니 내가 병실만 들어서면

오늘 하루 있었던 일들을 한꺼번에 쏟아내신다. 그럴 때마다 나는 다 받아 준다.

오늘 아침에는 어떤 음식이 나왔고, 간식으로는 무엇을 먹었으며, TV에서는 어떤 가수가 나와서 노래를 불렀는지, 심지어 일일 드라마의 예고편을 요약해 주기도 한다. 어떤 어머님은 〈마냥 이쁜 우리맘〉 본방송에서 재방송까지 빠짐없이 챙겨보시고는, 재잘재잘 리뷰까지 다 전해주신다. 의사 아들이 왔다고 좋아서 한꺼번에 이야기보따리를 풀어놓는 어머님들을 보면 나는 몸이 피곤해도 병실을 빨리 나설 수가 없다. 그렇게 한참을 어머님들 곁에 앉아서 손을 잡고 이야기를 듣다 보면 어느새 어둠이 짙어져 있다.

그래도 나는 즐겁다. 집으로 돌아가는 길, 차에 올라 운전대를 잡고 달리면서 오늘 하루 가장 행복했던 순간들을 떠올리면 〈마냥 이쁜 우리맘〉 어머님들과 함께한 시간임을 느낀다. 어머님들과 수다를 떨고, 의사 아들로서 시간을 보내는 일처럼 행복한 일이 이 세상에 또 어디 있을까 싶다.

비록 퇴근 시간이 늦어지고 몸은 고단하지만, 마음만은 늘 충만하고 행복하다. 그렇기에 나는 내일도 진료가 끝나면 어머님이 입원하신 병실의 문을 어김없이 두드릴 것이다.

행복은 누가 만들어 주는 것이 아니라 내가 만드는 것이기에.

당신의 슬픔을 모두 헤아릴 수는 없겠지만

어느 가을날, 기영 어머님을 뵈었다. 활짝 웃어 보이셨지만 어딘지 모르게 슬퍼 보였다. 대화 중에도 때때로 허공을 바라보며 한숨을 쉬시곤 하였는데 나는 그 이유가 무척 궁금했지만, 어머님이 직접 말씀해주실 때까지 기다렸다. 점심을 먹고 일손을 거들고 한참 시간을 보낸 뒤, 사이가 조금 가까워지자 어머님은 자신이 살아온 이야기보따리를 하나씩 풀기 시작했다. 어느새 당신의 눈가에도 눈물이 비쳤다.

"사실은 남편을 하늘나라로 먼저 떠나보냈어. 생전에 나를 무척 사랑했지. 그런 사람을 갑자기 떠나보내고 나니 요즘 사는 재미가 도무지 없어."

남편은 언제나 '사랑한다.'라고 말했고 자신을 아껴주었다고 했다. 그랬기에 그 연세에도 '닭살 부부, 잉꼬부부'라고 이웃 마을까지 소문이 날 정도였다고. 그런 남편을 항암 치료 중에 황망하게 떠나보내고 말았던 것이다. 돌아가신 지 몇 달 지났지만 남편이 입던 옷과 사용하던 물건들을 지금까지 치우시지 않고 오직 영정만을 바라보며 그리움을 달랬다고 한다.

더구나 남편의 유골이 있는 납골당에 가고 싶어도 불편한 다리 때문에 걷기조차 힘들다고 한다. 지난 명절 때는 용기 내 그곳으로 갔지만, 도착하자마자 길바닥에 주저앉아서 펑펑 우셨다고 한다. 남편을 떠나보낸 후론 살 의욕조차 없다고 한다.

나와 희진 씨는 기영 어머님의 사연을 듣다가 그만 참았던 눈물을 터트리고 말았다. 우리는 어머님의 외로움을 덜어 줄 방법이 무엇일까를 한참 동안 고민했다.

대개 어르신들은 배우자가 돌아가시면 얼마 후 세상을 뜨시는 경우가 많다는 통계가 있다. 게다가 기영 어머님은 무릎 관절이 정상이 아닌데다가 남편의 죽음으로 인해 급격하게 건강까지 나빠져 혹여 그런 일이 일어날까 봐 내심 걱정되었다.

나는 하루빨리 어머님의 다리를 낫게 해드려서 남편이 보고 싶을 때는 언제든지 납골당으로 달려갈 수 있도록 하는 것이 기영 어머님의 행복을 되찾아드리는 일이라고 생각했다.

우리는 우선 어머님에게 맛있는 것을 해드리기로 했다.

"어머님, 평소에 드시고 싶은 것 말씀해 주세요."

"남편이 김밥을 잘 만들어 줬는데 특히 참기름을 바른 김밥은 무척이나 맛있었지. 오늘은 그 김밥이 먹고 싶어."

"아, 그래요? 그럼 저랑 희진 씨가 김밥을 만들어 드릴게요."

나는 쌀을 씻어 밥솥에 안치고 가까운 시장에 가서 단무지와 햄, 시금치 그리고 참기름을 사서 돌아왔다. 그런 후 도마를 찾아서 김에 참기름을 바른 뒤 밥에다가 단무지와 햄, 살짝 데친 시금치를 얹은 뒤 옆구리가 터지지 않게 김밥을 말았다. 서투른 솜씨였지만, 그런 광경을 보고 어머님이 활짝 웃었다.

"세상에 남자 손이 어찌 그리 예뻐, 그리고 김밥도 여자처럼 참 잘 마네."

"이래 봬도 저 살림꾼이에요. 하하."

방안에서는 웃음소리가 그치지 않았다. 김밥을 드시고 좋아하는 어머님을 바라보니 최선을 다할 수밖에 없었다. 어머님은 김밥을 드시면서도 연신 말씀하셨다.

"세상에, 우리 남편이 해준 김밥이랑 똑같네. 이렇게 맛있는 김밥이 어디에 또 있을까."

그 와중에도 남편을 생각하시는 것 같았다. 평소 입맛이 없어서 제대로 음식을 먹지 못하셨다고 했는데 다행히 다 드셨다. 그 모습을 보자 안도감이 들었다.

나와 희진 씨는 김밥으로 점심 도시락을 만들어서 어머님을 모시고 석모도 근처에 있는 해변으로 갔다. 갈매기들이 '끼룩끼룩' 하늘에서 소리를 내고 있었다. 석모도의 일몰은 아름다웠다.

그때 어머님이 이렇게 말씀하셨다.

"아들, 나는 지금이 너무 행복해. 이제는 남은 생을 잘 살아갈 수 있을 것만 같아."

어머님은 나와 함께 보낸 1박 2일이 당신의 가슴속에 영원히 담아두고 싶었을 만큼 행복하셨나보다. 그랬다. 아마 기영 어머님은 이 순간을 오래도록 기억하고 싶었을 것이다. 남편을 떠나보내고 그동안 얼마나 외로웠을까? 얼굴이 점점 밝아지는 모습을 보니 나는 한결 마음이 가벼워졌다.

"어머님, 이제는 외로워하지 마세요. 제가 있잖아요."

나는 꿈같은 1박 2일을 보내고 일상으로 다시 돌아왔다.

며칠 후 어머님이 아픈 무릎을 치료하기 위해 병원에 오셨다. 실제 무릎을 진찰해 보니 생각했던 것보다 상태가 심각했다. 무릎 연골은 모두 닳아버렸고, 심지어 뼈까지 심하게 멍들어 있는 데다가 두 다리가 O자로 상당히 휘어져 있었다. 나는 필요한 검사를 모두 마치고 이튿날 곧바로 인공관절 수술에 들어갔다.

어르신들은 대개 '수술'한다고 하면 겁부터 먼저 내시는데, 기영 어머님은 의외로 의연했다. 의사 아들이 해주는 것이라면 그

어떤 수술도 무섭지 않다고 하셨다.

"설마, 우리 아들이 수술을 아프게 하지는 않겠지. 호호"

수술은 대성공이었다. 휘어진 다리도 곧게 펴졌고, 삼 일 후에는 혼자 걸을 수 있게 됐다. 두 달이 지난 지금, 〈마냥 이쁜 우리맘〉 팀에서 기영 어머님을 찾아뵀는데 수술 결과가 아주 좋다고 연락이 왔다. 그동안 종종걸음으로 걸었지만, 허리도 펴고 똑바로 걸어 다니면서 마을 분들과 산책도 하시고 나들이도 자주 하신다고 하셨다. 더 고무적인 것은 남편의 얼굴을 보러 납골당에 자주 가는 것이다.

이런 즐거운 일이 이 세상에 또 어디 있을까.

나는 정말 '의술은 인술'이라는 말이 하나도 틀리지 않는다는 사실을 실감했다.

환자들에게 잃어버린 마음의 행복을 찾아주는 것이 바로 '인술'이 아니겠는가. 의사라는 직업이 쉽지는 않지만, 이럴 땐 그 무엇과도 바꿀 수 없는 보람을 느낀다.

내가 의사가 아니었다면

〈마냥 이쁜 우리맘〉 프로젝트를 진행하면서 의사로서 가장 기쁜 순간은 형편이 어려워서 치료받지 못한 어머님들에게 의술을 펼칠 기회를 주셨다는 것이다. 내가 의사가 아니었다면 의료봉사의 기회조차 주어지지 않았을 것이다. 그래서 의사라는 직업을 갖게 된 것에 대해 감사하다.

아무리 생각해도 〈마냥 이쁜 우리맘〉 프로젝트는 그 어떤 봉사 프로그램보다도 '위대한 발상'이다. 그렇지 않은가? 아픈 무릎과 불편한 허리로 인해 걷지 못하는 우리 어머님들을 치료하여 새로운 삶의 희망을 주는 것이야말로 최고의 봉사가 아니겠는가. 이것은 이 사회가 당연히 해야 할 의무라는 생각이 든다.

나는 그동안 무릎과 척추가 불편한 어머님들을 치료하여 정상적으로 걸을 수 있게 해 드렸다. 물론, 시간과 경비가 많이 든다. 그렇다고 의료 사각지대에 놓인 어머님들을 외면해서는 안 된다. 그분들은 누구인가? 바로 당신을 낳아주시고 길러 주신 어머님들이다.

사실 우리 어머님들은 세상을 살아오면서 자신의 삶을 산 것이 아니라, 자식들을 위해 희생하신 분들이다. 더구나 오랜 시간 노동에 시달려오셨던 터라, 무릎 관절 상태는 매우 심각하다. 연골이 닳아있는 건 물론이고, 무릎뼈가 비정상적으로 자라거나 서로 맞붙어서 괴사하는 경우도 많다.

그로 인한 통증은 겪어보지 않은 사람은 모른다. 이 정도 단계까지 이르렀으면 조금만 움직여도 비명을 내지를 정도로 괴로우셨을 텐데, 참고 살아오셨다는 것, 그 자체가 위대할 정도다. 행여나 자식들이 걱정할까 봐 병원에 가고 싶다는 이야기를 입 밖으로 꺼내시지도 않는다. 그런 어머님들이 통증을 조금이나마 줄일 수 있는 유일한 방법은 읍내 약국에 가서 진통 성분의 연고를 처방받아 발라주는 것뿐이다.

한번은 무릎이 온통 파스로 도배된 〈마냥 이쁜 우리맘〉 어머님을 뵌 적이 있었다. 그분은 일상생활이 어려울 뿐만이 아니라 눈으로만 봐도 상태가 심했다. 지팡이와 보행기에 의존할 수밖에 없었다. 게다가 앉거나 일어서면 밀려드는 통증 때문에 견디지도 못했을 것이다.

그러니 청소는 엄두조차 낼 수 없어 집안은 거의 쓰레기장 수준이었다. 여기저기 옷가지가 널려있고, 부엌에는 먼지가 뽀얗게 쌓여 있었다. 더 심각한 것은 음식을 스스로 해 드실 수조차 없어서 거의 쓰러지기 직전이었다. 얼마나 아프고 힘드셨으면 그렇게 모든 걸 놓아버리셨을까 싶다. 도시에 있는 자식들에게 부담이 될까 봐, 치료비 걱정 때문에 어머님들은 매일 밤 찾아오는 통증을 파스로 겨우 견디고 있었다. 그럼에도 당신은 '괜찮다.'며 애써 웃었다.

나는 그런 어머님들을 바라보면서 슬픔을 이기지 못해 눈가에서 눈물이 쏟아지곤 했었다. 나로서도 어찌할 수가 없었다. 평생 자식들 뒷바라지를 하느라고 정작 당신의 몸은 돌보지 않은 한(恨)많은 사연들을 들으면 가슴이 미어진다. 그나마 내가 의료봉사라도 해드릴 수 있어서 얼마나 다행스러운지 모른다. 무릎 연골이 없어서 다리를 움직일 때마다 극한의 고통에 시달리던 우리 어머님들에게 무릎 시·수술을 해드리는 것은, 새로운 인생을 살게 해주는 것이나 다름이 없다. 그리고 인공관절에 완전히 적응하기 전까지 적지 않은 노력이 필요하다.

어떤 어머님은 꼭 몸에 붙는 '하얀 바지'를 한번 입어 보는 것이 소원이라고 하셨는데 나는 소원을 이뤄드리겠노라고 약속했고 얼마 후 이를 지켰다. 어머님은 수술 후, 다리가 일자로 곧게 펴진 뒤 하얀 바지를 입고 마을을 활보했다. 그 모습을 보자 나는 의사가 된 것을 하나님께 감사드렸다.

내가 의사가 아니었다면,
우리 어머님들께
건강한 무릎과 다리를
선물해 드릴 수 없었을 것이다.
아니 우리 어머님들이 고통에서 벗어나,
건강하고 힘찬 발걸음을 내디디시는 것을
결코 볼 수 없었을 것이다.
나는 하나님께 감사하게 생각한다.
내가 의술을 펼칠 수 있는
의사가 된 사실에 대해.

가늠조차 할 수 없었던 삶의 무게

눈이 쏟아지던 어느 날, 연녀 어머님을 만났다. 서울에서 먼 길을 마다하지 않고 귀한 의사 아들이 와서 너무나 행복하다고 활짝 웃었는데 그 모습이 유난히도 아름다웠다.

연녀 어머님은 뇌졸중으로 쓰러진 남편을 혼자서 8년째 돌보고 계셨다. 어느 날 건강했던 남편에게 한쪽 팔과 다리에 마비증세가 왔다. 다급하게 병원으로 옮겼지만, 결국 수족을 쓰지 못했다. 당시엔 손쓸 틈조차 없었다고 한다.

남편의 건강을 되살리기 위해 어머님은 소문난 병원들을 찾아다니면서 치료했지만, 소용이 없었다. 남편은 화장실조차 혼자 다닐 수 없을 정도로 심해져서 간병인이 꼭 필요했다. 발병 초기엔 자식들이 얼마간 돈을 모아 줘서 간병인을 썼지만, 투병 시간이 길어지면서 넉넉지 않은 살림에 더 이상 간병인을 둘 형편이 되지 않았다. 무엇보다도 다른 사람에게 남편 간호를 맡기는 게 내키치 않았고, 남편도 불편함을 느낄 거라는 생각이 들었다.

자연스럽게 간병인의 몫은 어머님에게로 돌아왔다. '이가 없으면 잇몸으로 산다.'는 속담이 있듯이 어머님은 온전하지 않은 몸인데도 남편의 병간호를 시작했다. 어머님도 젊었을 때 심하게 아팠던 적이 있었다. 그때 남편은 한시도 떨어지지 않고 자신을 간호해준 적이 있었다고 한다. 그것이 바로 부부애가 아니겠는가. 그걸 생각하면 남편이 죽는 날까지 자신이 간호하는 게 옳다고 생각했다.

어머님의 일상은 늘 남편의 간호로 시작된다. 누워있는 남편의 몸을 일으켜 세우고 세수시키고 난 뒤, 손이 떨려 움직일 수 없는 남편의 식사를 돕고, 용변 보는 것까지 살뜰하게 챙긴다. 어머님은 24시간 동안 잠시도 자리를 비우지 못하고 남편을 돌봐야만 하는 힘겨운 상황 속에서도 행여 자식들이 걱정할까 봐 일손도 놓지 않았다.

나는 그 광경을 직접 눈으로 보고 마음이 울컥했다. 그 아픈 무릎으로 농사를 짓고, 또 뒷산에 올라 땔감까지 구해오셨다. 그야말로 간병은 물론, 살림, 그리고 농사까지 짓느라고 당신의 어깨는 무너져 내릴 것 같았다.

　나는 여태껏 만난 우리맘 어머님 중에서도 연녀 어머님의 어깨가 가장 무거워 보였다. 얼마나 고단하시고 힘드셨을까. 당신의 시간이라고는 조금도 찾아볼 수 없는 삶. 누군가의 손길이 필요한 남편 곁에서 온전히 자신을 희생시키고 계셨던 것이다. 그랬지만, 힘들다는 내색 한번 하시지 않고 묵묵히 살아오셨다. 힘든 환경 속에서도 자신에게 주어진 무거운 삶의 무게를 오롯이 감당해 오셨던 것이다.

　나는 그런 연녀 어머님에게 감복했다. 나와 성연 씨는 행복을 전해주고 싶어서 고민했다. 아픈 무릎을 고쳐드리는 건 당연했다. 문제는 어머니의 마음이었다. 겪어보지 못한 사람은 아무도 모른다. 외로움이 얼마나 사람의 마음을 지치게 하는지. 우리는 평소보다 시간을 더 내어 재롱잔치를 열었다.

나와 성연 씨는 잠시 나이를 잊고 트롯 가락에 맞추어 몸을 흔들었다. 막춤이면 어떤가. 어머님을 웃게 할 수만 있다면 더한 춤도 출 수 있었다.

어머님은 아이처럼 즐겁게 웃으셨다. 방에 누워계시는 남편도 춤추는 모습을 보며 손뼉을 치셨다.

하얀 눈길 위에 선명히 찍힌 발자국을 따라 인사를 드리고 집으로 돌아가던 길, 연녀 어머님은 나의 손을 잡고 많이 우셨다.

나는 어머님을 바라보면서 말했다.

"의사 아들 보러 얼른 서울에 오세요. 제가 반갑게 맞이해드릴 테니 걱정 마시고 그저 아들네 집에 놀러 오신다고 생각하세요."

그제야 어머님은 눈물을 닦고 웃으셨다. 덕분에 무거웠던 발걸음이 한결 가벼워졌다.

베트남 며느리

두 해 전 〈마냥 이쁜 우리맘〉 프로젝트를 시작하면서 유난히 기억에 남는 며느리 한 분이 있다. 그 주인공은 〈마냥 이쁜 우리맘〉 34화 김제에 사시는 순자 어머님의 며느리 다혜 씨다.

다혜 씨는 베트남에서 한국으로 시집왔다. 스물두 살 꽃다운 나이에 시집와서 남편과 시부모님들을 모시고 산 지 13년째다. 한국말도 곧잘 하고, 음식도 잘해 한국인이 다 됐다. 심지어 아픈 시어머님의 건강을 위해 '장어탕' 요리도 잘한다.

그녀는 의젓한 워킹맘이다. 이런 새벽 일찍 일어나 몸이 불편한 어머님을 위해 아침상까지 차려놓고 간다. 입을 다물 수 없을 정도로 효도하는 며느리다. 어떻게 이렇게까지 극진히 시어머님을 모실 수 있는지, 나로선 도무지 믿기지 않았다.

다혜 씨는 자나 깨나 남편보다는 오직 시어머님 생각뿐이었다. 머나먼 베트남에서 온 자신을 딸처럼 품어주셨다는 시어머님에게 늘 감사한 마음을 갖고 살아간다는 다혜 씨. 그녀는 시어머님이 친정어머니와 다를 바가 없어 더욱더 잘해드리고 싶다고 말했다.

나와 성연 씨는 순자 어머님을 모시고 다혜 씨와 함께 소풍을 갔다. 다혜 씨의 손에는 자신이 직접 준비한 도시락이 쥐어져 있었는데 잘 걷지 못하시는 시어머님의 손을 꼭 잡고 다녔다. 순자 어머님도 그런 며느리를 무척이나 애지중지했는데 참 다정해 보였다.

즐거운 소풍을 마치고 우리 스태프들이 김제를 떠나던 날, 다혜 씨는 짐을 챙기고 있는 내게로 달려와서 내 손을 잡고 간곡히 부탁했다.

"원장님, 우리 어머님 잘 좀 치료해 주세요."

나는 맞잡은 손에 힘을 주며 답했다.

"다혜 씨, 걱정하지 마세요. 저만 믿으세요. 어머님은 분명히 다시 건강해지실 겁니다."

다혜 씨의 소원대로 수술은 성공적으로 끝났다. 검사 결과, 순자 어머님의 관절염은 생각보다 심하지 않아서 '인공관절부분치환술'만으로도 충분했다. 당초 예상했던 것보다 수술은 빨리 끝났고, 단 3일만에 병원 복도를 혼자서 다니실 수 있을 정도였다. 그 후에도 며느리의 도움으로 재활 운동을 열심히 한 덕분에 지금은 거의 회복되어 잘 걸으신다.

얼마 후면 어머님이 내원하신다. 다혜 씨의 정성스러운 보살핌을 받고 아픈 다리가 얼마나 달라지셨을지 몹시 궁금하다. 과연 어떤 모습으로 나에게 나타나실까? 활짝 웃으시는 그 얼굴이 빨리 보고 싶다.

겨울이 두려운 의사 아들

설 연휴가 지나자 다시 강추위가 찾아왔다. 출근길에 머플러를 목에 두르고 손에 장갑을 끼었음에도 온몸이 덜덜 떨리고 손이 시리다. 이렇게 기온이 영하로 떨어지면 나는 우리 어머님들 생각에 근심이 깊어진다.

기온이 떨어지면 우리 어머님들은 고통을 더 크게 받는다. 관절 주변의 근육과 인대가 수축해 무릎 통증이 더욱 심해지기 때문이다. 어머님들은 통증을 줄이기 위해 무릎 주위에 파스를 바르거나, 진통제를 복용하지만 증상 완화는 일시적일 뿐, 극심한 통증에 시달린다.

나는 심한 통증으로 인해 잠을 이루지 못하는 우리 어머님들을 생각하면, 겨울이 무섭다. 혹시 길을 걷다가 미끄러지시는 것

은 아닌지, 심히 걱정되기도 한다. 자칫 넘어져서 다치시기라도 하면 고관절 골절이 일어날 수도 있다. 고관절 골절은 노년층들에겐 단순한 질환이 아니라 골절로 인해 오랜 기간 누워 지내야 하므로 식욕이 저하되고 욕창이나 폐렴 같은 합병증에 노출되기 쉬워 매우 위험한 질병이다. 그래서 추운 겨울이 되면 좀처럼 마음을 놓을 수 없다. 특히 지금처럼 맹렬한 추위가 기승을 부리는 시기에는 더욱 그렇다.

오늘은 파주에서 만나 뵀던 〈마냥 이쁜 우리맘〉 영순 어머님이 병원으로 오신다. 길이 미끄러워서 좀처럼 마음을 놓을 수 없다. 파주 민통선 부근에 사시는 어머님은 이른 아침부터 오고 있을 것이다.

영순 어머님이 병원에 도착한 시간은 오전 열한 시였다. 새벽에 일어나 버스와 지하철을 네 번이나 갈아타고 오셨다고 한다. 그렇지 않아도 걷기 힘든 몸인데 어떻게 병원까지 오셨을까? 그 것은 기적에 가까웠다.

"어머님, 혼자서 어떻게 이 먼 곳까지 찾아오셨어요."

"나, 죽을힘을 다해서 왔지. 그래도 의사 아들을 만난다고 생각하니 하나도 힘들지 않았어."

날씨도 춥고 혼자 가누기도 힘든 몸으로 파주에서 강남까지 오시느라 무척이나 힘드셨을 거란 생각을 하니 눈물이 났다. 나는 영순 어머님을 꼭 안아드렸다. 내가 할 수 있는 일은 최선을 다해 아픈 무릎을 치료해서 다시 걸어 다닐 수 있게 하는 것뿐이다.

"어머님, 마음 푹 놓으시고 이제부턴 절 따라와 주시면 됩니다."

어머님이 혼자서 먼 길을 올 수 있었던 건, 그나마 무릎 연골이 조금이나마 남아있었기 때문이지만 심하게 걸으면 관절이 서로 맞부딪쳐 통증을 유발한다. 그러니 이곳까지 오시면서 얼마나 아팠을까 가히 그 통증을 짐작하고도 남는다.

나는 진찰한 뒤, 우선 입원을 시켰다. 4인 입원실은 모두 〈마냥 이쁜 우리맘〉 어머님들로 채워졌다. 같은 형편의 어머님들이라서 인사를 나눈 뒤 금세 친해졌다.

세 분의 어머님은 며칠 전 입원하신 뒤 무릎 인공관절 수술과 허리 양방향 척추 내시경술 등을 받고 회복 중이셨다.

그때 어머님 한 분이 발딱 일어나서 혼자서 걸으시면서 영순 어머님에게 말했다.

"호호, 이것 봐. 그저께 그 뭐시라 무릎 인공관절 수술을 받았는데 이렇게 발딱 일어설 수 있제? 참말로 신통방통하다니까. 우리 아들 정말 대단해. 우리 할매도 얼른 수술받으면 이렇게 된다니까."

영순 어머님이 활짝 웃었다.

"참말로, 나도 나을 수 있을까?"

"그렇고말고."

"우리 의사 아들이 세상에서 최고여."

그날 병실에는 웃음꽃이 활짝 폈다.

춤이라도 추고 싶은 마음

오늘은 전남 장흥에 계시는 순자 어머님을 만나러 가는 날이다. 새벽부터 일어나 두꺼운 패딩을 입고 목도리와 장갑을 챙겨 들고 먼 길을 나섰다. 봄이 왔는데도 마지막 꽃샘추위가 기승을 부리는 듯 날씨가 쌀쌀했다.

그렇지 않아도 올겨울은 여느 때와는 달리 유난히 추워서 관절염을 앓고 있는 우리 어머님들이 통증으로 인해 많이 고생했을 것이다. 의사인 나로서도 해줄 수 있는 게 응급처방뿐이라서 마음이 무척 아팠다.

언제나 그렇듯이 서울에서 지방으로 빠져나가는 고속도로 병합구간은 늘 정체다. 오늘은 주말인 데다가 봄이 오는 행락철이라서 그런지 이른 새벽부터 고속도로는 꽉 막혀 있었다. 나는 스태프들과 약속 시간을 맞추지 못할까 봐 자꾸 조바심이 일어나기 시작했으나 서울을 벗어나자 다행히 고속도로가 언제 그랬느냐는 듯 뻥 뚫렸다.

차가 고속도로를 달리자 창밖으로 신선한 봄바람이 불었다. 길가에는 벚꽃 나무들이 줄지어 서서 봄을 기다리고 있었다. 이젠 지독히도 추웠던 겨울이 지나고 봄이 당도할 것이다. 우리 어머님들의 가슴에도 봄이 오겠지.

차는 예정대로 장흥에 도착했다. 성연 씨와 스태프들이 먼저 와 있었고 오늘의 주인공인 순자 어머님도 나를 기다리고 있었다. 서울 날씨와는 달리 남쪽 바닷가인 장흥에는 이미 봄이 와 있는 듯 날씨가 의외로 포근했다. 나는 두꺼운 패딩을 벗은 뒤, 얇은 코트로 갈아입고서 서둘러 어머님 댁으로 향했다.

얼마 지나지 않아 축사가 눈에 보였는데 그 규모에 깜짝 놀라 입을 다물 수 없었다. 수백 평 남짓한 축사 안에는 어림잡아도 4~50 마리의 소가 눈을 끔뻑거리고 있었다. '아니, 이 많은 소들을 노부부 둘이 관리한다고?' 나로서는 도저히 상상조차 할 수 없었다. 나는 고개를 저었다. 얼마나 힘든 노동이었을까?

노부부는 사십여 년 전 결혼했으나 가난한 살림 탓에 하루하루가 살기 힘들었다. 게다가 남편은 시부모님과 시동생 둘, 갓난 아들 둘을 감당하기 위해 원양어선을 탔고 살림살이는 온전히 순자 어머님의 몫이었다. 남편이 보내주는 월급은 차곡차곡 모았고 생계비는 어머님이 닥치는 대로 일을 해서 번 돈으로 채웠다.

눈물을 그칠 줄을 모르고 말씀하시는 어머님의 사연을 듣고 나와 성연 씨의 눈가에도 눈물이 고였다. 그리고 그런 모진 세월을 보내는 동안 몸은 어깨부터 무릎, 허리까지 어디 성한 곳이 하나도 없을 정도로 점점 망가지고 있었다.

밀려드는 통증으로 인해 하루하루가 그야말로 지옥이었다. 그럴 때마다 어머님이 할 수 있는 일은 오직 참는 것뿐이었다. 게다가 그런 몸으로도 밤낮 없이 축사의 소들을 살피고, 농사일도 손에서 놓지 않으셨다. 가히 철인에 가까웠다. 그러는 사이 몸은 점점 병들어 갔지만, 넉넉지 못한 형편으로 인해 치료는 엄두조차 내지 못했다. 그런 어머님에게 '쉼'이라는 것은 한갓 허영이며 사치였다.

나와 성연 씨는 노부부의 일손을 거들기 위해 작업복으로 갈아입고 축사에 들어가 소의 분뇨들을 치우고 여물을 챙겼다. 그런 뒤에는 밭에 난 잡초를 뽑고 양배추를 수확했다. 어머님은 그렇지 않아도 고된 양배추 수확 때문에 걱정을 많이 했는데 나와 성연 씨 덕분에 수확을 빨리 끝낼 수가 있게 되어 기분이 좋다고 소녀처럼 활짝 웃으셨다.

한바탕 일손 돕기가 끝나고 나는 어머님의 몸 상태를 살펴드렸다, 예상한 것보다 관절 상태는 심각했다. 두 다리는 O자로 많이 휘어있어 무릎 통증은 상상하지 못할 정도로 심했고, 어깨 통증도 동반되는 상황이었다. 그대로 두면 걸을 수 없게 되기에 치료가 시급했다.

나는 진료한 것을 토대로 치료 과정을 상세하게 말씀드렸다. 그런데 어머님은 치료 자체에 두려움을 표현하셨다. 혹시 큰 수술로 이어지는 것은 아닌지, 염려하셨던 것이다. 나는 먼저 그 두려운 마음을 편안하게 하는데 주력했다. 수술이든, 비수술이든, 가능한 한 모든 방법을 동원하여 치료해 드릴 생각이었다.

"어머니 걱정하시지 않아도 돼요. 저만 믿으세요. 봄꽃이 피고 완연해지면, 어머니는 젊은 시절처럼 다시 걷게 될 거예요."

"정말 그렇게만 되면 얼마나 좋겠어. 내가 춤이라도 출 거야."

"물론이지요. 손주들과 여행도 가게 될 거예요. 의사 아들 꼭 믿어야 해요."

그제야 어머니가 활짝 웃었다.

나와 성연 씨는 집을 나서면서 다시 한번 약속했다.

"봄엔 꽃구경 다니실 수 있도록 제가 꼭 잘 치료해 드릴게요."

"그려 그려, 고마워."

서울로 향하는 우리를 향해 어머님은 문밖에서 환하게 웃으시면서 곧 병원에서 만나자며 소리쳤다.

어머님, 이젠 웃으셔도 됩니다

겨울이 절정에 이를 무렵, 연심 어머님을 만났다. 내가 그동안 만났던 〈마냥 이쁜 우리맘〉 어머님들 가운데서도 표정이 가장 어두웠다. 어딘지 모를 깊은 슬픔이 얼굴에서 묻어 나왔지만, 나는 애써 그 사연을 묻지 않았다. 그저 먼저 이야기를 꺼내주시기만을 기다렸다.

점심을 드시고 난 뒤, 쉬고 계실 때 곁으로 가서 슬쩍 앉았더니 어머님이 사진 한 장을 보여주셨다. 둘째 아들이었다. 키가 훤칠했고 잘 생겼는데 그만 불의의 사고로 죽은 것이다. 그런데 더 가슴 아픈 사연이 있었다. 큰아들도 오랜 투병 끝에 세상을 떴다는 것이다.

그제야 나는 그 슬픔을 알 것만 같았다. '가장 큰 불효는 자식이 부모보다 먼저 세상을 떠나는 것'이라는 말이 있듯이 아마 어머님의 가슴은 시퍼렇게 멍들어 있을 것이다. 두 아들을 차례로 떠나보내고 단 하루도 눈물 없이는 살 수 없었다고 했다.

지금까지 살아 있는 자신이 오히려 원망스러울 지경이라고 했다. 나와 성연 씨는 그 사연을 듣고 한동안 말을 하지 못했다. '엉엉' 우시는 어머님 곁에서 우리는 눈물을 주체할 수 없었다. 수도꼭지처럼 한번 터진 그 눈물은 아무리 달래도 그치지 않았다. 나는 슬픔을 진정시키는 것을 포기하고 손을 꼭 잡으면서 위로했다.

"어머님, 그 아픈 마음 다 알아요. 그럴수록 힘을 내셔야 해요."

잠시 정적이 흘렀다. 나와 성연 씨는 어머님의 마음을 진정시키고 난 뒤 분위기를 전환하기 위해 마을을 벗어나 편백나무로 지어진 숯 찜질방으로 갔다. 지금까지 어머님은 찜질방에 한 번도 가 본 적이 없었다고 한다.

우리는 수건을 귀여운 양머리처럼 만들어 쓰고 맥반석 달걀을 먹으며 즐거운 시간을 함께 보냈다. 그 순간만큼 어머님은 두 아들을 잃은 슬픔을 잊는 듯 보였다.

헤어질 시간이 다가왔다. 어머님은 아쉬운 듯 내 손을 꼭 잡고 웃으면서 말씀하셨다.

"고마워. 오늘 우리 아들과 딸 덕분에 생전에 느껴보지도 못한 행복을 느꼈어."

나는 이렇게 말씀드렸다.

"세상에서 제일 귀한 아드님을 잃은 슬픔을 제가 감히 어찌다 헤아리겠습니까. 그래도 슬픔을 잊고 남은 세월을 즐겁게 사시면 좋겠습니다. 어머님이 행복하셔야 하늘에 계신 아드님들도 기쁠 겁니다. 그 누구보다 어머님이 행복하시길 간절하게 원하고 있을 겁니다."

어머님은 고개를 끄덕였다. 물론, 쉽지 않은 일이겠지만, 이제부터라도 큰 슬픔을 딛고 일어나서 어머님이 새로운 행복을 찾는다면 더 바랄 것이 없겠다고 하나님께 간절히 빌었다. 슬픔은 빨리 잊는 것이 좋고, 행복은 오래가는 것이 좋지 않겠는가.

'어머님, 이젠 웃으셔도 됩니다.'

고마운 성연 씨

배우 성연 씨가 합류하고부터 〈마냥 이쁜 우리맘〉 프로젝트는 더욱 탄력을 받게 되었다. 어머님들은 얼굴이 예쁘고 따뜻한 마음씨를 가진 성연 씨를 진짜 딸처럼 아끼고 사랑한다.

어머님들에게 있어서의 가장 큰 문제는 식사다. 대부분 혼자 살다 보니 김치 하나에 별다른 반찬도 없이 그냥 대충 끼니를 때우는 일이 다반사다. 성연 씨는 그런 어머님들의 모습을 보고 무척 마음이 아팠던 것 같다.

그래서 성연 씨는 단 하루만이라도 어머님들에게 맛있는 음식을 직접 요리하여 대접하고 싶어서 스태프들의 손을 따로 빌리지 않고 요리에 필요한 각종 양념과 조미료는 물론, 심지어 앞치마까지 미리 챙겼다. 그것도 모자라서 행여 어머님들이 음식 맛이 없다고 할까 봐, 집에서 요리 연습까지 했다고 한다. 그런 성연 씨의 지극정성 덕분인지 우리 어머님들은 무척이나 성연 씨를 좋아했다.

사실, 성연 씨는 눈물이 참 많은 여자였다. 남편의 외도로 자식들을 홀로 키워내야 했던 어머님, 무릎이 아파도 가정을 지키기 위해 일을 놓지 못했던 어머님, 사고와 질병으로 두 아들을 품에서 떠나보내야 했던 어머님. 그런 사연을 듣고 성연 씨는 내내 눈물을 그칠 줄 몰랐다.

그렇다고 성연 씨가 늘 울기만 하는 여자는 아니었다. 어머님들이 활기찬 삶을 다시 살아갈 수 있도록 용기와 희망을 전하는

말을 꼭 잊지 않았다. 그런 성연 씨로부터 따뜻한 위로를 받았던 어머님들은 이내 마음이 달라졌다. 자신의 치료에도 강한 의지를 보이기도 하고 자포자기했던 과거와 달리 행복하게 살겠다고 성연 씨 앞에서 결심하기도 했다. 무엇보다 이것이 성연 씨가 〈마냥 이쁜 우리맘〉 어머님들에게 드리는 가장 큰 선물이었다.

　매주 전국을 다니는 일정은 체력적으로 지치고 힘들다. 성연 씨도 마찬가지였다. 전국에 있는 〈마냥 이쁜 우리맘〉 어머님들을 찾아뵙기 위해서는 무엇보다 우리가 먼저 건강 관리에 신경을 써야 했다. 그렇지 않으면 어머님들 보다 우리가 먼저 쓰러질

세상에 이야기

정도로 힘들기에 틈틈이 운동도 하고 영양제도 꾸준히 복용하는 등 체력 관리는 필수다.

성연 씨가 웃으며 내게 말했다.

"원장님, 이 프로젝트를 죽을 때까지 이어가시려면 체력이 필수예요. 그러니 우리가 먼저 체력을 키워야 해요. 알겠죠?"

"물론이지요, 성연 씨."

나는 한 분의 어머님이라도 더 만나서 도움을 드리고, 즐거운 추억을 선물해 드리고 싶다는 성연 씨의 마음을 잘 알기에 끝까지 지치지 않고 〈마냥 이쁜 우리맘〉 프로젝트를 완수하려고 한다. 또한 어머님들에게 건강한 내일을 선물해 드리겠다고 각오했다.

다시 한번 성연 씨에게 고마움을 전한다.

"성연 씨, 함께해 주셔서 정말 고맙습니다!"

늦기 전에 꼭 해야만 했던 일

〈마냥 이쁜 우리맘〉이 있기에

　〈마냥 이쁜 우리맘〉 프로젝트를 시작하고 난 뒤로 논과 밭을 일구고, 씨앗을 뿌리고, 잡초를 뽑고, 심지어 닭똥과 소똥을 치우는 등 어쩌면 내가 평생 경험하지 못할 일들을 많이 했다.

　그동안 나는 어머님들의 일을 도우며 많은 행복을 느꼈다. 대도시의 우뚝 솟은 회색 빌딩 숲에서만 살아온 나에게 이 프로젝트는 내 삶의 큰 활력소가 되었다.

　아내는 그런 나를 보고 때로는 걱정도 많이 했다.

　"좋은 일을 하는 것도 좋지만, 당신 몸이 걱정이에요. 무리하지 말아요."

　나는 그럴 때마다 걱정 말라고 했다. 이것도 다 돌아가신 아버지의 뜻이고, 어머니께서도 내가 하기를 원하는 일이라고 했다.

　사실, 아무리 힘든 봉사라도 마음이 즐거우면 할 수 있지만,
하기 싫은 일을 하면 봉사하기도 싫다. 나는 이 프로젝트가 당연
히 내가 해야 할 봉사라는 사실을 깨닫고부터 힘들다는 생각을
단 한 번도 하지 않았다. 그만큼 의사로서 보람이 있었고 농사일
도 점점 경험이 쌓이고 나니 슬슬 재미가 붙기 시작했고 성취감
도 남달랐다.

　그러고 보니 이젠 '농사꾼'이 다 된 것 같기도 하다. 처음에는
농촌 일을 잘 몰라서 마을 사람들에게 핀잔 아닌, 핀잔도 많이 들
었지만 이젠 웬만한 일들은 혼자서도 처리할 수 있을 정도로 능
숙해졌다.

　태풍에 비닐하우스가 날아가지 않도록 지지대를 세우고, 밭에

비료를 뿌리는 일까지. 어머님들이 일감을 주면 따로 묻지 않고 도 할 수 있는 경지에 이르렀다. 물론, 미숙한 부분도 많은 건 사실이지만, 때로는 마을 사람들에게 농사짓는 법을 배우기도 하고 관련 서적이나 영상을 보는 등 부단하게 노력했다. 이제는 주말 농장에 가서 가족들이 먹을 고구마나 감자, 채소 등을 혼자서 키울 정도로 능숙해졌다.

시골의 흙 냄새와 바람 냄새 심지어 소똥 냄새에도 내 코가 익숙해졌다. 채소와 잡초를 구분하는 눈도 생겼고, 삽질도 곧잘 한다. 이렇게 달라진 나를 보면 스스로 놀란다. 환경이 사람을 변하게 한다는 말이 있듯이 전국 방방곡곡으로 쉴 새 없이 프로젝트를 다닌 결과다.

얼마 전에는 조경에도 도전했는데 집 앞의 나무들을 직접 가위로 전지하기도 했다. 내 손이 닿을수록 점점 더 정돈되어 가는 나무들의 모습을 보면서 큰 뿌듯함을 느꼈다. 농사일은 손에 다 익혔으니 또 다른 일에 도전해 보라는 어떤 신호였던 걸까.

내가 이렇게까지 되기에는 무엇보다도 어머님들의 도움이 컸다. 어머님들에게 도움이 될 수 있는 일이라면 앞으로도 무엇이든 배우고 싶다. 그것이 농사이든 뱃일이든 상관없다. 내가 할 수 있는 일이라면 진짜 아들로서 도움이 되고 싶었다.

매주 우리 어머님들은 나를 기다리고 있다. 그럴 때면 어떤 일거리들이 나를 기다리고 있을까 싶어 마음이 먼저 설렌다. 이젠 농사철도 되었으니 분명 어머님들을 도와드려야 할 일이 많을 것이다. 나와 함께 하는 시간 동안만큼은 어머님들이 농사일로 걱정하지 않도록 해드릴 참이다.

특별한 한글 교실

우리 어머님들은 한국 역사의 산 증인으로 살아오신 분들이다. 내가 만난 어머님 중엔 특히 그런 분들이 많았다. 춘자 어머님도 6·25 피난 오던 중 폭격으로 부모님을 잃고 홀로 살아오셨는데 그 고생은 말로 다 표현하지 못할 정도라고 한다.

"지금은 좋은 세상이야. 그때는 세상이 무슨 난장판이었지. 갑자기 불꽃이 튀고 연기가 솟구쳤는데 정신을 차려보니 부모님이 피를 흘리고 길 위에 쓰러져 있었어. 눈물도 나지 않았어. 그때 나이가 여덟 살이었는데 남쪽으로 혼자 내려왔어. 오빠와 동생들도 찾지 못하고."

그때부터 어머님은 세상과 혼자서 싸워야 했다고 한다. 먹을 것이 없어서 구걸하다가 남의 집에 들어가서 식모살이로 겨우 입에 풀칠했다. 더구나 먹고살기도 막막한 상황이라 학교에 가서 글을 배우는 것은 엄두조차 내지 못해 수십 년의 세월이 흐른 지금까지도 한글을 전혀 읽지 못한다.

세상을 까막눈으로 살아간다는 것이 얼마나 불편하고 힘들었을까? 당장 전기 고지서도 읽지 못하시고 이정표조차 읽지 못해서 혼자서는 마을버스도 타지 못한다는 어머님의 말씀을 듣고 나는 마음이 무척 아팠다.

그런 어머님에게 무엇인가를 해주고 싶었다. 아픈 다리도 문제이지만, 먼저 어머님의 까막눈을 뜨게 하고 싶어서 특별한 한글 교실을 마련했다.

그러려면, 먼저 집안 환경부터 바꿔야 한다는 생각이 들어 여기저기 널린 살림살이들을 방안 한쪽으로 치우고 어머님이 편안하게 앉아서 한글을 공부할 수 있도록 책상을 조립하기로 했다. 혹시 부끄러워할까 봐 비밀로 하고 내가 책상을 조립하는 동안 성연 씨는 어머님과 수다를 떨었다.

잠시 시간이 흘러 책상이 완성되고 난 뒤 연필과 공책 등 각종 학용품으로 책상 위를 가득 채웠다. 드디어 한글을 공부하기 위한 특별한 교실이 만들어졌다. 어머님이 방 안으로 들어왔다. 안방 화장대 옆에 턱 하니 놓인 깔끔한 책상을 보고 어머님은 연신 좋으시다며 웃다가 불편한 무릎으로 책상에 앉았다. 그리고 책상

네번째 이야기

에 놓인 학용품들을 매만지면서 눈시울을 붉혔다. 나와 성연 씨는 그 모습을 보고 마음이 찡했다.

어머님은 그동안 가끔 마을회관에서 한글을 배웠지만, 아직도 익혀야 할 글자가 많았다. 나와 성연 씨는 일일 선생님을 자처했다. 우선 아들인 내 이름을 쓰는 방법부터 알려드리고, 한글 자모에 대해서 상세하게 알려드렸다. 집안 곳곳에 낱말 카드도 붙여드리고 빠르게 한글을 익히실 수 있도록 도왔다.

그동안 어머님은 단 한 번도 자신만의 책상을 가지지 못했다고 했다. 그러니 얼마나 행복하실까? 거친 손으로 일일이 자신의 이름은 물론, 객지에 나가 있는 자식들의 이름을 하얀 종이 위에 삐뚤삐뚤 쓰기 시작했다. 세상 어디에서도 볼 수 없는 아름다운 글씨였다.

한동안 어머님은 책상 위에 앉아서 일어서지도 않고 내 이름인 혁재와 성연 씨의 이름을 써 내려가면서 아이처럼 좋아하셨다. 앞으로도 책상에 앉아서 하루에 2~3시간씩 한글 공부를 할 거라며 웃었다.

세상에 이보다 더 좋은 일이 또 어디에 있겠는가.

"아들, 이제야 내가 제대로 사는 것 같아서 너무 좋아."

나는 앞으로도 어머님이 한글 공부를 열심히 해 혼자서 시장도 다니실 수 있기를 간절히 바랐다. 그리고 요양원에 계시는 남편과 사랑하는 손주들에게 어머님의 마음이 담긴 손 편지를 직접 쓰실 수 있는 날이 오기를 바라고 또 바랐다.

참으로 아름다운 날들이었다.

아주 특별한 생일잔치

　지난 1년 동안 정말 숨 가쁘게 달려왔다. 평일에는 병원에서 환자 진료를 보고 주말에는 전국 각지를 돌면서 〈마냥 이쁜 우리맘〉 어머님들을 찾다 보니 집안의 대소사는 물론, 개인적인 일조차 살피기 힘들었다.

　하지만 어김없이 주말은 찾아왔고 나는 여느 때와 다름없이 '우리맘' 어머님을 찾아뵙기 위해 새벽에 일어났다. 어제도 환자들 수술 때문에 저녁 늦게 집으로 돌아와서 피곤해 이내 잠 속으로 빠져들었다. 아내의 얼굴조차 볼 시간이 없었다.

　나는 옷을 주섬주섬 챙기고 새벽차에 올라탔다. 아내가 어제 아침에 "내일 당신 생일이니 일찍 올라올 수 있느냐?"는 말을 했던 것이 그제야 생각났다.

그러나 어쩌랴! 가는 곳이 천리 길이어서 일찍 돌아올 수 없었다. 무엇보다도 오늘 내가 만나야 할 어머님에게만 집중해야만 했다. 그것이 나의 몫이고 일이었다.

그날 온종일 어머님을 뵙고 수다를 떨고 진료하고 촬영을 마치고 서울로 돌아가기 위해 짐을 정리하고 있었는데 갑자기 한 스태프가 나를 불렀다.

"양쌤, 잠깐만요."

나는 속으로 읊조렸다.

'무슨 일이지?'

고개를 갸우뚱하고 있는데 스태프들이 웅성거리면서 나를 마을회관 안으로 안내했다. 그 순간 놀라운 일이 펼쳐졌다. 탁자 위에 커다란 2단 케이크가 마련되어 있었다. 그걸 보자 어제 저녁 들었던 아내의 말이 생각났다.

생일날 아침밥도 제대로 챙겨 먹지 못하고 차를 몰고 오면서 고속도로 휴게소에서 간단하게 요기를 해결했었다. 그런 나를 위해 스태프들이 특별히 주문한 케이크를 준비해 깜짝 생일 파티를 연 것이다. 촬영과 편집으로 바쁠 텐데도 짬을 내서 생일까지 챙겨준 스태프들의 고마운 마음 때문에 하마터면 눈물이 날 뻔했다. 너무나 고맙고 고마웠다. 그들이 아니었으면 이번 생일은 그냥 지나갈 뻔했다. 그들 덕분에 특별한 케이크를 받고 소원을

빌고 나름의 축하를 받았으니 꽤 행복한 날이었다.

누군가가 말했다. 소원은 누군가에게 말하거나 털어놓는 것이 아니라고. 혼자만의 비밀로 간직해야 한다고.

나는 케이크를 자르면서 〈마냥 이쁜 우리맘〉 프로젝트가 중단되지 않고 지속되기를 간절히 빌었다. 이 프로젝트로 인해 전국 오지 마을에 계신 우리 어머님들을 찾아뵙고, 아픈 곳을 치료해 드릴 수도 있었고, 즐거운 추억을 선물해 드릴 수 있었다. 게다가 어머님들과 함께 시간을 보내면서 나는 조금씩 더 성장했던 것이다.

그러고 보면 〈마냥 이쁜 우리맘〉 프로젝트는 하나님이 내게 주신 선물 같다. 그렇기에 도중에 어떤 어려운 상황이 발생하더라도 멈추지 않고 끝까지 나아가기를 빌고 또 빌었다. 아마 나의 소원처럼 〈마냥 이쁜 우리맘〉 프로젝트는 영원히 지속될 것이다.

물론, 적지 않은 경비와 누군가의 희생이 절대적으로 필요하지만, 마음먹기에 따라서는 얼마든지 가능하다.

의사가 환자를 치료하는 것은 당연한 일이라고 생각할지 모르지만, 결코 그렇지는 않다. 환자는 의사를 믿고 따른다. 더구나 정형외과 의사는 환자의 뼈와 관절을 다루기에 방심은 금물이어서 항상 긴장감이 따른다. 우리 어머님들처럼 연세가 많은 어르신들의 치료와 수술은 더욱 그렇다. 나는 내가 의사로서 직분을 다할 수 있는 그날까지 〈마냥 이쁜 우리맘〉 프로젝트를 계속하고 싶다. 이것이 바로 나의 간절한 소원이다.

네번째 이야기

안중근 의사처럼

　재작년에 개봉했던 뮤지컬 영화 〈영웅〉을 본 적이 있다. 이 영화는 이토 히로부미를 처단하기 위한 안중근 의사의 여정을 그린 윤제균 감독의 작품이다. 동명의 뮤지컬을 원작으로 하는 이 영화는 개봉 당시부터 많은 이들의 주목을 받았다. 나는 이 영화가 상영되기만을 손꼽아 기다렸던 사람 중 한 명이다.

　영화 〈영웅〉이 많은 이들의 주목을 받았던 궁극적인 이유는 항일 의거의 최선봉에 섰던 안중근 의사의 조국 독립을 향한 강한 열망이 담긴 작품이기 때문이다. 누적 관람객 백만 명을 달성하리라고 예상은 했지만, 내 생각보다 훨씬 더 빠른 속도로 관람객 백만 명을 돌파하는 것을 보고 깜짝 놀랐다.

　나는 개봉과 동시에 영화를 관람했다. 상영 내내 내 머릿속에 가장 기억에 남았던 장면은 안중근 의사가 하얼빈역에서 가슴속에 품었던 권총으로 이토 히로부미를 처단한 부분이 아니다.

관객들의 대부분은 이 장면을 기억하겠지만, 나는 안중근 의사가 장부로 태어나서 대한의 땅을 일제의 손아귀에서 벗어나게 하겠다는 투지를 담아 핏대를 세우며 노래를 부르는 장면이 머릿속에 가장 또렷하게 남아있다.

왜 그랬을까? 나에게는 어떠한 역경과 고난이 닥치더라도 가슴속에 품은 목표를 끝내 포기하지 않겠다는 안중근 의사의 집념이 더 크게 가슴에 와닿았다. 그것은 바로 안중근 자신이 하나의 목표를 향해 나아가는 그 자세와 마음을 나도 닮고 싶었던 이유 때문인지도 모른다. 나 역시도 목표를 향해 굴하지 않는 그의 마음처럼 〈마냥 이쁜 우리맘〉 프로젝트를 이끌고 싶어서였다.

평일에는 외래 진료와 수술을 집도하고, 주말에는 새벽같이 일어나 전국 팔도 방방곡곡으로 어머니들을 만나러 가는 일정은 결코 쉬운 일이 아니다. 체력적인 한계를 느끼기도 하고, 온몸을 휘감는 피로감에 심적으로도 괴로울 때가 많다. 심지어 편히 쉬고 싶은 유혹이 밀려올 때도 있지만 도움을 간절하게 바라고 있는 우리 어머님들을 생각하면 그마저도 사치라는 생각이 들어서 과감하게 집을 나선다. 하지만 그러한 피로감은 새벽녘 짙은 어둠을 뚫고 달려가서 〈마냥 이쁜 우리맘〉 어머님들을 만나는 순

간 한꺼번에 다 사라진다.

그렇기에 나도 안중근 의사가 포기하지 않고 두려움에 맞서 자신의 목표를 이룬 것처럼, 흔들리지 않는 힘찬 발걸음으로 우리 어머님들이 모두 건강하고 행복하게 사는 날까지 모든 분들을 치료해 드리고 싶다. 이것은 나의 목표이자 간절한 소망이다.

정형외과 의사의 마음

어머님들의 MRI 검사 결과를 보면 차마 입을 다물 수가 없다. 무릎 연골이 완전히 닳아서 없으신 분들도 계시고, 골이 괴사가 되거나, 다리가 완전히 O자형으로 휘어진 경우도 자주 볼 수 있다. 그걸 보면 어머님들의 무릎엔 당신들이 살아오신 고된 인생이 나이테처럼 고스란히 새겨져 있다.

무릎 상태가 이 정도라면, 그냥 있거나 조금만 움직여도 통증이 심했을 텐데 어머님들은 어떻게 이 통증을 참아가면서 일하셨을까. 생각만 해도 가슴이 미어지도록 아프다. 행여 자식들이 걱정할까 봐 혹은 돈 걱정 때문에 병원 앞에도 못 갔을 것이다. 그런데도 아픈 표정 한 번 짓지 않으시고 버텨오셨던 분들을 대하면, 내가 의사라고 하더라도 마음이 울컥할 때가 종종 있다. 이처럼 MRI 결과만으로도 그간 어머님들의 고된 삶이 파노라마처럼 지나간다.

의사의 관점에서 보면, 자식들이 원망스러울 때도 있다. '당신을 낳아준 어머니가 이 지경이 되도록 왜 그냥 두었을까.' 하는 생각이 드는 것이다. 어머님들의 삶이 너무도 안타깝기 때문이다.

상태가 심한 어머님들을 수술할 때면 아무리 유능한 정형외과 의사일지라도 긴장이 될 수밖에 없다. 그럴수록 하루빨리 통증에서 벗어나 다시 걷게 되어 삶의 희망을 되찾을 수 있도록 치료를 더 잘해야겠다는 생각이 든다.

'하나님, 의사로서 최선을 다하겠으니 어머님들을 고통 속에서 벗어나게 해주소서.'

이것은 나와의 다짐이자 약속이다. 내가 최선을 다한다면 어머니들도 다시 걸을 수 있을 것이다.

나는 수술이 시작되면 숨을 쉬는 것조차 모두 잊고 온 신경을 환자에게만 집중한다. 세포 하나하나까지 집중해 수술을 진행한 덕분에, 언제나 성공적으로 끝난다. 그럴 때면, 의사로서의 보람을 느낀다.

수술이 종료되고, 마취가 풀린 어머님들은 어눌한 말투로 대부분 이렇게 먼저 물어보신다.

"아들, 수술하느라 힘들었지. 수술은 어떻게 됐어?"

아마 수술에 대한 두려움과 불안감 때문일 것이지만 힘들어서 말씀조차 하기 어려운 상황에서도 으레 내게 이렇게 묻는 것이다.

그럴 때마다 난 웃으며 화답한다.

"의사 아들만 믿으라고 했죠. 수술은 대성공입니다. 앞으로는 건강하시고 행복할 날만 남았어요."

나의 확신에 찬 대답을 들은 어머님들은 그제야 불안감과 두려움에서 벗어나 활짝 웃으신다.

"고마워. 이 은혜를 내가 어떻게 다 갚아야 할지 모르겠어."

"어머님이 고마움을 갚으시려면 재활을 통해 하루빨리 걷는 겁니다. 그것이 은혜를 갚는 길입니다."

"그래야지, 그래야지. 우리 아들이 실망하지 않도록 해야지."

내가 의료봉사를 하는 이유도 어머님들의 이 미소 때문이다. 어둠 속에서 벗어나 당당히 혼자서 걷는 모습을 바라보는 것이 나의 소망이다. 그렇기에 나는 단 한 번도 이 프로젝트를 멈출 생각을 한 적이 없다.

네번째 이야기

나는 세상에서 가장 행복한 사람

출근길 차를 타고 집을 나선다. 거리에는 꽃들이 봉오리를 머금고 있고 사람들의 옷차림도 가벼워졌다. 어느새 추웠던 겨울이 지나고 봄이 온 것이다. 나는 한결 기분이 좋아졌다.

진료실 의자에 앉아 컴퓨터를 켠다. 부팅이 진행되고 프로그램들이 켜지면 어머님들과 함께 찍은 사진이 제일 먼저 화면에 펼쳐진다. 지난 시간 나와 함께 한 〈마냥 이쁜 우리맘〉 어머님들과의 추억이 고스란히 담긴 사진들이다. 그것들을 보면 어느새 내 마음은 봄 햇살처럼 포근해진다.

어쩌면 나는 이 세상에서 가장 행복한 사람일지도 모른다. 그렇지 않은가, 누가 이런 기쁨을 맛보겠는가. 내가 찾아가면 어머님들은 의사 아들이 왔다며 온갖 먹을거리를 기꺼이 내주신다.

도시에서는 맛볼 수 없는 갖가지 음식들은 그야말로 산해진미다.

게다가 내 손을 잡고 마을을 걷거나 때로는 나를 꼭 안아주시던 어머님들! 그 자체만으로도 나는 행복한 사람이다. 그분들을 생각하면, 진료할 환자들이 많지만 전혀 피곤하지 않다. 어쩌면 어머님들은 행복의 전령사일지도 모른다. 그럴 때마다 나는 짬을 내 글을 쓰기도 한다. 흔적이라도 남겨놓지 않으면 바쁜 일상으로 인해 그 감동들이 한 순간에 달아나 버릴 것만 같아서다.

봄이 오면 병원을 찾는 환자들도 늘어난다. 진료실 밖 의자에는 앉을 자리가 거의 없을 정도이다. 겨우내 무릎이 아팠던 환자들이 날이 풀리자 찾는 경우가 많아서다. 이럴 때면 제때 퇴근하지 못할 때가 많지만 나는 우리 어머님들이 있기에 전혀 피곤하지 않고 오히려 행복하다.

내가 의사라는 직업을 택한 것도 경제적으로 윤택한 삶을 살기 위해서가 아니라 돈이 없어서 치료받지 못하는 이들을 돕기 위해서다. 한 분이라도 더 치료해서 그분들이 건강한 일상으로 되돌아갈 수 있다면 나는 그것만으로도 즐겁다. 그런 점에서 보면 의사라는 직업은 나에겐 숙명이다. 내가 그분들을 도와 줄 기회를 주신 하나님께 오히려 더 큰 감사를 드리고 싶다.

어제 두 건의 수술을 마치자 손바닥이 얼얼할 정도로 감각이 없었고 몸이 극도로 피곤해 손바닥을 몇 번이나 비비고 나서야

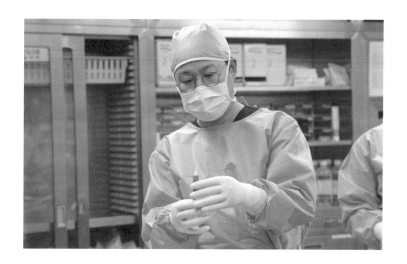

겨우 운전대를 잡을 수 있었다. 다행히 늦은 밤이라 도로가 한적했다.

나는 모처럼, 기분을 내기 위해 집으로 가는 동안 라디오를 틀었다. 마침 내가 좋아하는 노래가 흘러나와 한껏 취해 따라 불렀다. 음악이 멎고 진행자가 누군가가 보내온 사연을 읽기 시작했다. 해외 파견 근무로 인해 며칠 지나면 어머니의 생신인데도 케이크 하나 사다 드리지 못해서 죄송하다는 한 딸의 사연이었다. 나는 남의 일이 아닌 듯 가슴이 아팠다. 아픈 허리와 무릎으로 인해 고통을 홀로 참고 있는 우리맘 어머님들이 생각났던 것이다.

실제로 〈마냥 이쁜 우리맘〉 어머님들 대부분이 외로움 속에서 홀로 고통을 참으시면서 보낸다.

한번은 내가 한 어머님에게 이렇게 물어본 적이 있었다.

"어머님, 자녀들이 자주 찾아오지 않아 외롭지 않으세요?"

"괜찮아, 저들도 살기가 힘들어서 그런 건데. 나야 자식들이 걱정 없이 사는 게 더 좋아."

늘 괜찮다고 말씀은 하시지만, 그걸 지켜보는 나로선 외로움 때문에 어머님들이 무척 힘들어하신다는 것을 한눈에 봐도 알 수 있다. 그걸 볼 때마다 마음이 미어지듯 아팠다. 그래서 나는 자녀들을 대신해 그 순간만큼은 최선을 다해 어머님들을 돕고 싶었다.

외로움은 참는다고 되는 것이 아니라, 스스로 벗어나야 한다. 그래서 나는 치료도 중요하지만, 먼저 행복한 추억을 만들어드리고 싶었다. 대개 육신의 병은 마음의 병에서 오는 경우가 더 많다.

매번 최선을 다하고 있지만 어머님들이 느끼시기에는 부족함도 많을 것이다. 그렇지만 중요한 건 어머님들을 향한 내 진심이다. 그럴 때마다 '이런 의사 아들이 세상에 또 어디 있느냐'며 어머님들이 나를 응원해 주시지만 나는 그것만으론 갈증을 느낀다. 어떻게 하면 우리 어머님들이 외롭지 않고 남은 생을 행복하게 살 것인지 지금도 고민하고 있다. 물론, 나 혼자 고민만 한다고 해서 해결될 일은 아닐 것이다.

은의 어머님과 뇌경색 남편

겨울이 지나고 꽃샘추위가 불어 닥쳤다. 얇은 코트를 걸치고, 대부도에 계신 은의 어머님을 찾았다. 바닷가에서 불어오는 찬바람으로 인해 날은 몹시 추웠지만 환한 미소로 맞아주신 어머님으로 인해 기분은 상쾌하고 좋았다. 처음 뵌 어머님의 인상은 바라보기만 해도 따뜻함이 저절로 묻어 나왔다.

"먼 곳까지 온다고 고생 많았지. 늙으면 어서 죽어야 하는데."

"참, 어머님도. 죽기는 왜 죽어요. 지금부터라도 행복하게 남은 생을 보내셔야 해요."

은의 어머님은 병이란 병은 몸에 다 달고 사셨다. 고혈압으로 협심증이 생기고 잦은 노동으로 어깨와 무릎이 늘 아팠다고 하셨다. 게다가 남편까지 뇌경색으로 몸을 온전히 움직이지 못하고

있었다.

　노부부는 그런 상황 속에서도 먹고 살기 위해 공공근로와 일거리를 찾아서 근근이 생계를 유지하고 있었는데 그걸 눈으로 보자 가슴이 아팠다.

　나는 일손을 거들어드리기 위해 팔을 걷어붙였지만, 산더미처럼 쌓인 일감을 모두 해결해 드릴 수는 없었다. 무언가 죄송한 마음이 들어 서울로 가는 동안에도 마음이 편하지 않았다. 자신조차 감당하지 못할 몸으로 혼자서 힘든 일을 하고 계실 것을 생각하니 내 발걸음도 자꾸 더뎌졌다.

　그러나 어쩌랴! 지금 당장은 돌아가지만, 다시 만나 아픈 곳을

　　네번째 이야기

낮게 해드리는 길이 최선이라는 생각이 들었다. 그리고 건강해지시면 미소 뒤에 숨겨진 아픈 사연들도 하나씩 치유되지 않을까 싶었다. 그런 생각을 하자 마음이 바빠졌다.

'하루빨리 치료를 해야 한다. 그래야 어머님이 건강하게 지낼 수 있다.'

며칠 후 전화를 걸어 진료 일정을 잡았다. 내가 의사로서 할 수 있는 최선의 길은 그것뿐이었다.

기승을 부리던 꽃샘추위가 물러난 봄, 병원에서 만난 어머님의 얼굴은 무척 야위셨지만, 나를 만나시자마자 품에 안고서 웃음이 끊이지 않았다.

"그동안 잘 지내셨어요? 아픈 곳은 어때요?"

"의사 아들을 보니 벌써 다 나은 것 같아."

은의 어머님은 서울로 오시는 동안 내내 의사 아들 생각을 참 많이 하셨다고 했다. '아들을 만나면 무슨 말을 먼저 할까?' 하고 말이다. 어머님은 치료하고 나서 예전처럼 아프지 않게 되면, 맛있는 음식을 해서 보내주시겠다고 했다.

은의 어머님의 어깨 통증은 심한 노동으로 인한 것이어서 회전근개봉합술이 요구되었다. 더 큰 문제는 수술 후의 재활 운동이었다. 이 같은 경우에는 꾸준한 운동이 필요한데 주위의 도움이 무엇보다도 절실하지만 유일한 가족인 남편조차 뇌경색이라서 그게 쉽지 않았다.

그래도 나는 당부하는 것을 잊지 않았다.

"어머님, 힘드시더라도 재활 운동을 반드시 하셔야 해요. 그래야만 통증도 없앨 수 있어요."

"암, 그래야지. 열심히 운동해야지."

어머님은 수술을 받고 며칠 동안 입원 치료를 마친 후에 건강한 모습으로 귀가했다. 나는 그날 의사로서의 책임감을 강하게 느꼈다.

'그래, 이것이 바로 내가 이 사회를 위해 해야 할 일이야.'

진정한 베풂은 마음이다

회진을 돌다가 깜짝 놀랄 만한 소식을 듣게 됐다. 얼마 전, 인공관절 수술을 받은 환자분께서 보행 워커를 병원에 기증하겠다는 의사를 전한 것이다. 병원을 운영하면서 이런 경험은 처음이었다. 환자분께서 먼저 나서서, 다른 환자분들을 위해 선뜻 재활운동기구를 기증하시겠다는 건 정말 흔치 않은 일이기 때문이다.

나는 그 환자분께 기증한 사연을 물었다.

"선생님, 비용이 많이 들어가는데 어떻게 이런 생각을 하게 되셨나요? 정말 고맙습니다."

그러자 그 환자분이 말씀하셨다.

"원장님이 계시는 메드렉스병원은 워낙 유명한 곳이라서 수술받으러 오시는 환자들이 참 많더라고요. 수술 후 보행 워커를 사용해 재활해야 하는데 순서를 기다려야 한다는 불편함이 있었습니다. 게다가 대기자가 많아서 그 수요를 모두 반영할 만큼 보행 워커를 병원에서 보유하기가 쉽지 않겠다고 생각했어요. 그래서 좋은 일 한 번 하자고 결심했습니다. 평소 저는 자식들에게 어려운 사람을 위해 항상 베풀면서 살라고 교육했었거든요. 저도 어릴 적부터 부모님으로부터 그런 교육을 받으면서 자랐어요. 아무리 힘든 여건에 있더라도 나보다 더 어려운 환경에 처한 이들을 돕고 살아야 한다고요."

나는 그분의 말씀을 듣고 감명을 깊게 받았다. 사실, 봉사라는 것도 계획은 거창하지만 실천하지 못하는 경우가 꽤 많다. 어쩌면 나도 그중의 한 사람일지도 모른다.

그런 와중에 뒤늦게 〈마냥 이쁜 우리맘〉 프로젝트를 통해 의료 사각지대에 놓인 우리 어머님들을 돕게 된 것이지만 그 환자분은 자신의 계획을 한 치의 망설임도 없이 곧바로 이행하셨고 덕분에 환자들이 오래 기다리지 않고 보행 워커를 재활 운동에 사용하실 수 있게 한 것이다. 얼마나 고마운 일인지 모른다. 그것도 무려 15개의 보행 워커를 기부해주셨다.

병원 환자들에게 이 소식이 알려지자 너나없이 그분께 감사의 마음을 전했다. 마음을 내지 않으면 기부라는 것은 정말 힘든 일이다. 나는 그분의 아낌없는 베풂이 또 다른 누군가를 기쁘게 했다는 사실에 무척 기분이 좋았다. 그래서 감사의 마음을 재차 전했더니 오히려 민망하다고 말씀하셨다.

"작게나마 도움이 될 수 있어 제가 더 행복하고 기쁩니다."

이처럼 이름과 얼굴도 모르는 타인에게 아낌없이 나눔을 베풀어주신 그분으로 인해 퇴근길에 내내 기분이 좋았다.

나는 그분을 바라보면서 나눔의 힘에 대해 다시 한번 깨닫게 되었다. 그래서 〈마냥 이쁜 우리맘〉 프로젝트에 더욱 최선을 다해야겠다고 다짐했다. 이것이 바로 진료와 방송, 촬영이 계속 이어지는 강행군 속에서도 내가 끊임없이 앞으로 나아가는 이유다.

요즘엔 전국 각지에서 뜨거운 지지와 응원을 많이 보내온다. 그럴 때마다 나는 흔들림 없이 앞으로 나아갈 수 있는 큰 힘을 얻는다. 또한 진료하다가 힘이 들 때면, 컴퓨터 모니터에 담긴 우리 어머님들의 사진들을 들여다본다. 마치 나를 바라보고 환하게 웃고 계시는 것 같다.

"아들, 힘들면 나를 생각해."

"그럼요, 어머님."

의사 아들이 행복하기만을 바란다는 어머님들의 마음이 가득 담긴 그 미소를 바라보면 없던 용기도 생기고 눈꺼풀이 무거워지고 힘이 빠지다가도 나도 모르게 힘이 샘솟는다. 이것이 바로 봉사의 힘이 아니겠는가.

어머님들이 진료와 수술을 성공적으로 마치고 재활까지 마친 뒤에도 격려차 종종 나를 찾아오시는 것도 그 같은 이유 때문이기도 하다. 그럴 때마다 나는 어김없이 건강 상태를 빠짐없이 묻고는 한다. 그럴 때면 환하게 웃으시면서 이렇게 대답하신다.

"아들, 사실은 내가 말이다. 꿈인지 생시인지 요즘은 마을회관까지 거짓말 하나도 안 보태고 날다람쥐처럼 쏘다닌다니까."

"아이고, 세상에. 내가 우리 딸들이랑 얼마 전 여행까지 다녀왔어."

"내가 우리 의사 아들 땜에 다시 산다니까. 전에는 자식들이 사는 곳에 가 보지도 못했는데 지금은 그냥 혼자서 갔다 오곤 해."

"이젠 휠체어 없이 사방팔방 잘 걸어 다녀."

"전에는 남편이 데리고 다니지도 않았는데, 요즘은 마을 장에도 함께 가고 이곳저곳 막 쏘다녀."

심지어 귀찮다고 찾아오지도 않았던 자식들과 손자들이 온다고 즐겁다고 하신다. 나는 어머님들이 기뻐하시는 모습을 보면, 정말 봉사의 즐거움이 무엇인가를 스스로 느끼게 된다.

나의 작은 봉사로 고통 속에서 사시던 우리 어머님들이 삶의 의욕을 찾았다는 사실만으로도 나는 행복하다. 이런 생각을 하면 할수록, 아무리 힘들어도 전국 방방곡곡을 다닐 수밖에 없다.

언제 만나도 열렬한 팬

"나는 우리 의사 선생님이 세상에서 제일 좋습니다."

나만 보면 열렬한 환호를 보내시는 한 어머님이 있다. 아침 드라마의 남자 주인공보다, 빼어난 외모와 노래 솜씨를 자랑하는 트롯 가수들보다 내가 더 좋다는 어머님은 늦은 시간에 방송되는 〈마냥 이쁜 우리맘〉을 한 번도 빼놓지 않고 꼭 챙겨 보신다.

내가 병원을 개원하고 얼마 지나지 않았을 때, 대구에서 이 어머님이 찾아오셨다. 자신이 살고 있는 대구에도 병원이 있지만, 방송을 보고 믿음이 가서 오셨다고 했다. 몇 년째 무릎 통증으로 인해 잠을 못 잘 정도로 고통받고 있었는데 검사 결과 다행스럽게도 손상되지 않은 연골 조직이 조금 남아있어서 줄기세포이식술로 치료했다. 그 후에도 열정적으로 재활 운동을 해 우리 병원의 재활 치료사들이 또렷하게 기억하고 있을 정도다.

내가 회진할 때면 효과적인 운동 방법에 관해 물어보시기도 하고, 또 내가 지쳐 보이는 날이면 어깨를 토닥여주시며 아낌없는 응원을 보내주시기도 하시고 또한 주변의 아픈 지인들에게도 우리 병원을 소개해주시기도 했다. 얼마 전엔 다리 교정을 위해 심어 놓은 핀을 제거하고, 석회가 생긴 어깨를 치료하기 위해 병원에 오셨는데 나를 보시자마자, 얼싸안으시면서 좋아하셨다. 게다가 방송 촬영으로 인해 수척해진 내 얼굴을 보면서 건강을 걱정해주셨다. 나는 어머님의 진심이 담긴 위로와 응원에 모든 피로가 다 녹아내렸다.

그런데 놀라운 것은, 그런 몸으로 사업 때문에 해외 출장도 다니신다고 했다. 예전에는 무릎 통증이 워낙 심해 조금만 걸어도 주저앉아서 우실 정도였는데 우리 병원에서 줄기세포이식술로 치료받고 난 뒤에는 통증도 거의 사라져 기구에 의지하지 않고도 전 세계를 돌면서 사업도 키우고 관광도 즐기신다고 한다. 이 모든 것이 내 덕분이라고 즐거워하셨다.

나는 지금도 어머님이 얼마나 심각한 상태로 병원에 오셨었는지를 똑똑히 기억하고 있다.

"못 걸어도 좋으니 제발 무릎 통증만 줄여 줘."

"못 걷기는 왜 못 걸어요. 통증도 없애고 건강하게 걸을 수 있을 거예요."

내 말 한마디에 어머님은 뛸 듯이 기뻐하셨다.

"내가 정말 다시 걸을 수 있을까?"

"그럼요. 중요한 건 걸을 수 있다는 의지와 재활 운동입니다."

그때부터 열심히 재활 운동에 들어갔다. 시간이 조금이라도 생길 때마다 걷기 운동을 반복했더니 지금은 몰라볼 정도로 건강해지셔서 해외 출장까지 가시는 모습을 보면 감회가 새롭다.

"제2의 인생을 얻은 것 같네. 억수로 고마워."

어머님이 소녀처럼 해맑게 웃으시면서 구수한 경상도 사투리로 고마움을 전하는 말에 울컥 눈물이 날 뻔했지만 이내 입술을 굳게 다물어 삼키고 말씀드렸다.

"오히려 제가 더 감사합니다. 시술은 제가 하는 것이지만 그 이후는 환자 본인의 의지입니다. 재활을 잘하셨으니까 이렇게 건강해지신 겁니다."

그러자 어머님은 배시시 웃으시며 모든 것은 잘 치료해 준 의사 아들 덕분이라고 나를 치켜세워주셨다. 진료를 마치고 이렇게 말했다.

"지금까지의 고통은 다 잊으시고, 지금부터는 제2의 인생입니다. 저는 언제나 어머님의 멋진 삶을 응원합니다."

"하모 하모, 정말 고맙데이."

사실, 지금까지 내가 만난 〈마냥 이쁜 우리맘〉 어머님들은 무릎, 어깨, 허리, 손목, 발목까지 성한 곳이라고는 찾아보기 힘들지만 언제나 마음만큼은 늘 청춘이었다.

꽃다운 나이에 시집와서 아들딸을 낳고 농사를 짓느라 자기 몸은 미처 돌보지 못했지만, 그래도 행복하다고 말씀하시는 우리맘 어머님들! 하지만 몸이 건강하지 못하면 다 소용이 없다. 그래서 나는 그분들이 건강한 몸을 되찾을 수 있도록 도와드리는 건 물론이고, 잃어버린 마음까지도 찾아드리고 싶은 것이다.

그분들은 우리 모두의 어머님들이다. 그동안 내가 인공관절 수술을 비롯한 여러 수술과 재활치료를 하면서 느낀 건 무엇보다도 우리 어머님들의 심리적 안정이 중요하다는 것이었다. 이것이 전제되지 않는 한, 아무리 건강을 되찾는다고 해도 예전처럼 행복하지 못할 것이 분명하다.

그래서 연골이 닳은 무릎과 힘줄이 끊어진 어깨, 시큰거리는 손목은 물론, 고단한 세월 속에서 잃어버린 청춘을 되찾게 해드리고 싶은 마음이 간절하다. 우리맘 어머님들이 그동안 할 수 없던 것들을 모두 해보시면서 남은 생을 편하게 사실 수 있도록 만들어드리고 싶다.

그러기 위해서는 나는 물론, 더 많은 의사들의 봉사 정신이 필요하다. 당연히 나 혼자만의 힘으로 되지 않는 일이라서 국가적인 지원이 필요하다. 그렇지만, 우선 나만이라도 우리 어머님들이 보행기와 지팡이 없이도 걸어서 세상 구경을 할 수 있도록 최선을 다하고 싶다.

내가 〈마냥 이쁜 우리맘〉 프로젝트를 하면서 가장 인상 깊은 것은 우리 어머님들이 치료받고 난 뒤, 혼자서 걷고 있는 모습을 볼 때다. 건강해진 몸으로 주위의 도움 없이 혼자서 걸으시는 광경을 보거나 즐겁게 춤추는 모습을 보거나 함께 노래를 부르는 모습을 보면, 의사가 된 것을 자랑스럽게 느낄 때가 있다. 이것은 나를 위로하는 일이기도 하다. 그렇다, 나는 오늘도 내일도 내가 힘이 닿는 한 최선을 다해 다른 어머님들에게도 '청춘'을 돌려드리고 싶다.

당신만을 위한 사생대회

〈마냥 이쁜 우리맘〉 42번째 주인공 미란 어머님을 뵈었을 때였다.

"고등학생 때 아버지가 갑자기 뇌졸중으로 쓰러지셨는데 설상가상 어머니마저 그 충격으로 인해 돌아가셨어. 당시 내 아래 동생만 세 명이었어. 그길로 학교를 그만두고 돈을 벌러 갔었지."

꿈 많던 열여덟 소녀는 졸지에 가장이 되고 말았다. 병석에 누운 아버지와 줄줄이 딸린 동생들을 보니 슬퍼할 시간조차 없었다. 당장 급한 건 아버지의 약 값과 아직 어린 동생들을 건사해야 하는 것이었다.

성연 씨가 그 이야기를 듣고 가슴이 아팠는지 자꾸 눈물을 흘렸다.

"어머, 그 나이에 돈을 벌러 나섰다니 얼마나 힘드셨어요."

"그래도 어째, 어머니가 돌아가시고 병든 아버지와 동생들을 먹여 살려야 한다는 생각뿐이었어."

나도 마음이 울컥했다.

"정말 힘드셨겠어요."

"말도 마, 내 꿈이 화가였는데 대학 진학은커녕 고등학교조차 다닐 형편이 되지 않았어. 그땐 정말 죽고 싶었어."

미란 어머님은 어릴 적부터 그림을 무척 잘 그렸다고 한다. 집안이 부유하지 않았지만, 웃음소리가 끊이지 않는 행복한 가정이었다. 그러나 뜻하지 않게 아버님이 병으로 쓰러지신 뒤 어머님조차 돌아가시고 나자 집안이 갑자기 풍비박산된 것이다.

그 후, 미란 어머님은 직장 동료의 소개로 지금의 남편을 만나 백년가약을 맺었다. 지긋지긋한 가난에서 벗어나 이제는 행복한 날만 있을 줄 알았으나 현실은 그렇지 않았다.

시집온 뒤로 시부모님은 물론, 시동생을 비롯한 가족들을 혼자서 책임져야 했고, 설상가상으로 병석에 누워있는 시아버지의 병치레까지 도맡아야 했으며 농사까지 지어야 했다. 돌아보면 한 많은 세월이었다고 한다.

"내가 어릴 때는 그림을 잘 그렸어. 상도 많이 받았지."

"그래요? 그림 솜씨를 빨리 보고 싶어요."

나는 어머님이 그림을 그리는 모습을 보고 싶었지만, 마땅히 그 방법이 떠오르지 않아 고심하다가 성연 씨의 제안으로 작은 사생대회를 열기로 했다. 햇볕이 잘 드는 마당에 이젤 대신 의자를 이용해 임시 공간을 만들었더니 어머님은 마치 화가를 꿈꾸던 여고 시절로 되돌아간 것처럼 무척 좋아하셨다.

나도 옆에서 그림을 그리면서 어머님의 모습을 슬쩍슬쩍 훔쳐보았다.

마침내 그림이 다 그려졌다. 그림은 봄기운이 물씬 풍기는 마당을 배경으로 그렸는데 한 폭의 수채화처럼 아름다웠다. 한눈에 보아도 뛰어난 실력이었다. 스케치북에는 나무와 집과 하늘과 꽃이 아름답고 조화롭게 담겨 있었다. 예순 초반에 그린 그림이라고는 도저히 믿기지 않을 정도로 뛰어났다. 내 그림 실력으로는 도저히 따라갈 수 없었다.

어머님은 그림을 다 그리고 난 뒤 갑자기 하늘을 바라보셨다.

"얼마 만에 마주한 스케치북인지 몰라. 의사 아들이 내 꿈을 이루어 준 것 같아."

눈가에서 눈물이 흐르고 있었다. 벅찬 감동이었다.

스케치북에서는 봄기운이 물씬 풍겼다. 스케치부터 채색까지 완벽한 작품이었다. 미술 교육을 제대로 받아본 적이 한 번도 없는데도 수준급의 그림 실력에 성연 씨와 스태프들도 무척 놀랐다.

　어머님이 그림에 푹 빠져 있는 동안, 나와 성연 씨는 몰래 빈 방으로 갔다. 가슴 깊이 묻어두었던 그 화가의 꿈을 이뤄드리기 위해 작은 화실을 만들어드리기 위해서였다. 이젤과 의자, 약간의 채색 도구가 전부지만 새롭게 생겨난 화실을 마주한 어머님은 꿈인지 생시인지 모를 정도로 아이처럼 무척 좋아하셨다.

　성연 씨가 책을 선물했다. 농사를 지으며 살았던 시골 할머니가 75세에 남편이 떠난 슬픔을 달래기 위해 그림을 시작해 101세까지 장수하면서 미국의 국민화가로 사랑을 받았던 모지스 할머니가 쓴 그림책이다.

성연 씨는 미란 어머님에게서도 이러한 기적이 일어나길 바라는 마음에서 책을 건넨 듯했다. 선물을 받아 든 어머님은 한참 동안 그림책에서 눈을 떼지 않았다.

　　미란 어머님도 모지스 할머니처럼 늦기 전에 자신의 꿈을 펼칠 수 있겠다는 용기와 희망을 얻으신 눈치였다.

　　나와 성연 씨도 같은 마음이었다. 늦기 전에 미란 어머님도 그림을 다시 시작하면 좋겠다고 생각했다. 예쁜 앞치마를 입고, 토시를 착용하고 한 손에는 형형색색의 물감이 가득 담긴 팔레트를, 또 다른 한 손에는 붓을 들고 그림을 그려나가셨으면 좋겠다. 이제는 당신이 좋아하는 일만 하시면서 온전히 당신만을 위한 삶을 살아가시기를 기도해 본다.

신비한 꿈을 꾸다

어제는 예상했던 시간보다 수술이 빨리 끝나 일찍 퇴근해서 잠자리에 들었다. 최근 연이은 강행군으로 인해 몸이 무척 피곤했다. 그마저도 오후 8시가 훌쩍 넘긴 시간이었지만, 아내가 이른 시간에 퇴근한 나를 보고 많이 놀라는 눈치였다. 평소 내가 얼마나 늦게 퇴근했으면 그럴까 싶기도 했다.

집으로 돌아오자마자 지친 피로를 달리기 위해 잠시 샤워하는 사이 아내가 김이 모락모락 나는 따뜻한 밥과 구수한 된장찌개를 끓였다. 참 오랜만에 아내와 마주하는 저녁 식사 자리였다. 밥한 공기를 얼른 비워내고 거실 소파에 앉아서 〈마냥 이쁜 우리맘〉 재방송을 보다가 이내 잠 속으로 빠져들었다.

나는 꿈속에서 안개가 자욱한 시골길을 걷고 있었다. 한 100m

정도 걸었을까? 어디에선가 시끄러운 소리가 귓가에 들려왔다. 그곳을 따라 한참 더 걸어서 갔다가 난데없이 눈앞에 아름다운 정자가 한 채 보였다. 신발을 벗고 정자에 올랐는데 그때 한 무리의 어머님들이 등장하더니 내게 허리를 숙여 반갑게 인사를 했다. 그런데 그중의 한 어머님이 꽃무늬를 새긴 예쁜 한복을 입고서 나에게 물었다.

"자네가 의사 양혁재인가?"

"네, 어머님. 그렇습니다."

이상한 생각이 들었다. 그분은 처음 뵌 어머님이셨는데 내 이름과 직업을 알고 있었다. 어리둥절한 표정으로 한참 바라보고 있었는데 어머님은 화통하게 웃고만 계셨다.

그러자 또 다른 어머님이 내 앞으로 다가오시고는 말씀하셨다.

"아니, 그대가 정말 나를 기억하지 못한다고?"

나는 깜짝 놀라서 기억을 아무리 떠올려 보았지만 한 번도 본 적이 없는 얼굴이어서 우물쭈물 아무런 대답도 하지 못하고 서 있었다.

"나는 자네에게 무릎을 치료받았던 사람인데 그로 인해 지금 이렇게 천국에서도 잘 걸어 다니고 있네. 정말 고마워. 내가 자네에게 치료받지 않았다면 죽어서 이 천국에서도 걷지 못하고 있었을 거네."

　그러자, 또 다른 어머님들이 한 분씩 나에게로 다가와서 웃으
시면서 한마디씩 했다.

　"나는 이 정자에 앉아서 이야기도 나누고 때로는 경치 좋은
곳에 여행도 다니고 있네. 이 모든 것이 자네 덕분이네."

　나는 그분들의 말씀을 듣고 그지없이 기분이 좋았다.

　그때였다. 보라색 꽃치마를 예쁘게 입은 어머님이 커다란 거
북이 한 마리를 건네주시면서 말씀하셨다.

　"아들, 진짜 고마웠어. 이 거북이는 내가 우리 아들에게 주는
선물인데 이 거북이보다도 더 오래오래 살아야 해. 그래야 나처

럼 힘들고 아픈 할머니들을 많이 치료해 줄 것이 아니야. 집에서 제일 잘 보이는 곳에 이 거북이를 두고 키워. 꼭 내 말을 명심해 줘."

나는 거북이가 품 안에 들어왔을 때 깜짝 놀라 눈을 떴고 가슴을 더듬었지만, 거북이는 없었고 차렵이불만이 내 몸을 덮고 있을 뿐이었다.

그랬다. 내가 꿈속에서 안개를 헤치고 도착한 곳은 천국이었다. 그곳에서 그동안 내가 치료해드렸던 어머님들을 만난 것이다. 비몽사몽간이었지만 예사로운 꿈이 아니었다. 잠을 깨고 난 뒤 욕실로 들어가서 간단하게 세수하고 나니 새벽 4시였다.

나는 아내가 잠에서 깨지 않도록 조심스럽게 일어나 주방으로 가서 미지근한 물을 컵에 따라 마시자 정신이 또렷해졌다. 그리고 소파에 앉아서 방금 꾼 꿈을 떠올렸다.

안개 낀 정자, 고운 어머님들, 그리고 내게 거북이를 건네주신 어머님. 이 꿈의 의미는 뭘까? 그분들은 모두 천국에 계셨다. 그런데 더 이상한 건 꿈속의 그분들은 내가 그동안 한 번도 만나 뵌 적이 없었다. 그런데 한결같이 나에게 치료받았던 분들이라니, 그게 의아스러웠다. 너무도 선명한 꿈이었다.

정녕, 이 꿈은 내게 무엇을 전달하려는 것일까? 앞으로 내가 치료해드릴 어머님들일까? 수만 가지 생각들이 떠올랐다. 분명

　　　　　　　　　　　　　네번째 이야기

한 것은 거북이처럼 오래 살아서 힘들고 병든 어머님들을 치료하라는 하나님의 뜻일 것이다.

언젠가 이런 꿈을 다시 꿈꾸게 된다면 자세하게 어머님들에게 묻고 싶다. 그리고 그 거북이의 행방도 알고 싶다.

다섯번째 이야기

아무도 나의 뜻을 알아주지 않더라도

아무도 나의 뜻을 알아주지 않더라도

내가 늘 가슴 속에 품고 있는 문장이 있다.

'의료의 진정한 길은 인술에 있다.'

병원장으로서 병원을 잘 운영하는 일도 분명 중요한 일이지만, 힘든 환경에 놓여 있는 환자들을 위해 의술을 베푸는 일에 내 삶의 가치를 더 두고 있다. 물론, 아프리카에 인술을 베푼 이태석 신부, 슈바이처 박사, 장기려 박사처럼 무소유를 실천하면서 어려운 이들을 돕는 그분들의 위대한 정신에는 이를 수는 없다. 하지만 그 정신만큼은 항상 본받으려고 노력하고 있다. 설령, 이 세상이 나를 알아주지 않아도 괜찮다. 스스로 자처한 일이고 앞으로도 내가 나아가야 할 길이기 때문이다.

지금 우리나라는 일본처럼 고령화로 큰 문제를 안고 있다. 노인분들이 많다는 사실은 그만큼 의료시설이 많이 필요하다는 뜻이기도 하다. 특히 나이가 들면 심한 노동으로 인한 관절의 노화로 잘 걷지 못하는데 그중에서도 여성들이 더 심각하다. 경제적 여유가 있는 어르신들은 제때 치료하면 되지만, 그렇지 못한 어르신들이 훨씬 많다. 그렇다고 국가가 이들 모두를 치료해 줄 수는 없다. 그래서 내가 나서게 된 것이다.

정형외과 의사는 사람들의 건강한 삶을 유지 시키기 위해 앞으로도 지속적인 연구가 필요하다. 더구나 의사는 환자의 상태를 늘 파악하고 있어야 하기에 환자와 소통을 자주 해야 한다. 그런 점에서 보면 참 힘든 직업이다. 하지만 의료 사각지대에 놓인 우리 어르신들이 돈 걱정하지 않고 치료받아서 새로운 삶을 살 수 있도록 돕는 것이 우리 정형외과 의사들의 의무이다.

나의 이러한 생각에 대해 다소 오해하시는 의사들도 간혹 계시지만, 대부분의 의사들이 동조해줘 고마울 때가 참 많다. 봉사를 한다는 건, 희생이 따르지 않으면 안 된다. 그렇기에 많은 격려가 필요하다. 의술도 하나의 재능이다. 내가 가진 재능을 돈 버는 데만 사용하는 건 잘못된 일이다. 당연히 내가 가진 재능을 이 사회를 위해 기부하는 것은 참된 일이 아니겠는가.

나는 내가 가지고 있는 이 작은 재능으로 인해 누군가가 다시 희망을 얻고 새 삶을 살아갈 수 있다면 그것만으로도 만족한다.

다섯번째 이야기

그래서 힘닿는 데까지 최선을 다해 봉사와 나눔을 오래도록 실천하고 싶다.

자랑은 아니지만, 지금까지 80여 분의 〈마냥 이쁜 우리맘〉 어머님들을 치료했다. 이 횟수는 앞으로도 100 분, 200 분으로 늘어날 것이고 내가 가진 뜻에 동조하는 의사 선생님들도 많이 늘어날 것 같다.

내가 이 프로젝트를 진행하면서 가장 기쁜 것은 우리 어머님들이 절망적인 현실에서 희망을 되찾았다는 것이다. 사람이 앉고 서기 힘들고, 걷지 못하는 것만큼 불행한 삶은 없다. 그분들은 늘 좌절감과 패배감, 위기감에 싸여 자포자기의 삶을 산다. 이보다

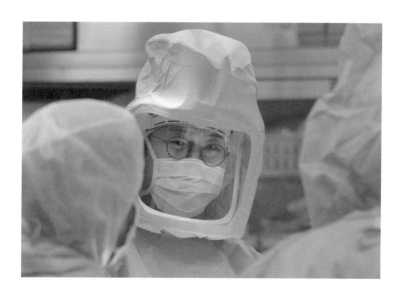

더 큰 슬픔은 없다.

한번은 이런 일도 있었다. 병든 어머님을 외딴섬에 두고 육지에 살고 있는 딸이 있었다. 물론, 자신도 자식들을 건사하느라고 바빴을 것이다. 그런데 몇 년 동안 안부조차 없다가 우연히 〈마냥 이쁜 우리맘〉 방송에서 치료받았던 어머님이 '딸이 보고 싶다.'는 말을 듣고 나를 직접 찾아와서 감사하다는 말을 한 적이 있었다.

나는 그때 그분에게 이런 말씀을 드렸다.

"괜찮습니다, 지금부터라도 잘 해드리세요. 어머님은 자식들에게 짐이 될까 봐 아프다고 말하지 않은 것뿐입니다. 그게 우리들의 어머님이 아닐까요."

딸이 눈물을 흘렸다. 지금은 한 달에 한 번씩은 꼭 어머님을 찾아뵙는다고 한다.

이처럼 〈마냥 이쁜 우리맘〉 프로젝트는 단순한 봉사가 아니라, 사람들을 감동으로 이끌게 하는 프로그램이다. 단 한 사람만의 노력으로도 세상을 감동하게 할 수 있다면 이보다 더 큰 일이 어디 있겠는가. 좋은 봉사는 바이러스처럼 전염을 일으킨다.

나는 우리 어머님들이 치료 후에 놀라운 속도로 삶에 대한 의지와 희망을 얻는 것을 보고 많이 놀란다. 그토록 괴로웠던 통증을 혼자서 이겨낼 수 있었던 건 신념이 있었기에 가능한 일이었다. 그런 마음이 있기에 아무리 힘든 일이 있더라도 능히 스스로 헤쳐 나갈 수 있었던 건 아닐까? 어찌 보면 어머님들을 진짜 힘들게 한 것은 육신의 병이 아니라 마음의 병일지도 모르겠다.

남의 도움 없이는 혼자 오시지도 못했던 어머님들이 치료받은 뒤 병원을 혼자 나서시는 모습을 볼 때는 의사로서의 자부심을 느낀다. 그것은 하나님이 나에게 주신 선물이다.

다시 말씀드리지만, 세상 모두가 내 마음을 몰라주더라도 나는 괜찮다. 설령, 그 어떤 어려움이 닥친다 해도 내 생각에는 한 치의 변함도 없다. 그저 우리 어머님들이 아픔을 딛고 항상 웃으시면서 행복하게 사시는 모습을 바라보는 것, 그것만으로도 나는 행복하다.

건강이 '최우선'입니다

　그동안 〈마냥 이쁜 우리맘〉 어머님들을 뵈면서 가장 안타까운 건 관절과 척추 어느 곳 하나 성한 분들이 없다는 것이다. 자식들을 건사하기 위해 쉬지 않고 무리하게 일했기 때문인데 아무리 건강한 몸일지라도 세월이 흐르면 어쩔 수가 없다.

　오죽 아프면 그럴까 싶지만, 열에 아홉 분은 파스를 달고 산다. 특히 무릎 관절은 날이 차거나 밤이 되면 시리고 무척 아파서 뜬 눈으로 지새운 날들이 많았을 것이다. 그럼에도 자식과 남편이 걱정할까 봐 아프다는 말조차 꺼내지 못한다. 이것이 우리 어머님들의 진짜 모습이다.

　그런데 어머님들은 자식과 남편에겐 아프다고 말하지 않지만 내가 진료할 때는 구체적으로 아픈 위치를 자세하게 말씀해주신다. 가족 앞에서는 태연하지만 실은 스스로 고통을 감내하고 있는 것이다. 나는 그런 어머님들을 바라보면 늘 입술을 깨물고 다짐한다.

"그래 내가 할 수 있을 때까지 도와드리자."

환자 치료에 있어서 가장 필요한 건 원인과 증상이다. 이를 파악해야만 제대로 치료할 수 있다. 내가 그런 말을 하면, 당신이 살아온 사연들을 서슴없이 꺼낸다. 십중팔구는 무리한 노동의 결과다.

대개 어머님들은 다리를 쪼그리고 앉거나 허리를 굽혀 일을 한다. 그럴수록 적당한 휴식과 운동이 필수적으로 따라야 하는데도 쉬지 않고 일만 계속하다 보니 척추와 무릎에 무리가 가게 되고 나중에 이것이 병이 되는 것이다.

사람의 몸은 자동차와 같다. 자동차가 잘 달리려면 적당하게 기름칠도 해야 하듯 관절도 적절하게 휴식을 줘야 하는데 쉬지 않고 오래 사용하다 보니 이상이 생기는 건 당연하다. 물론, 자동차는 고장나면 고칠 수 있지만, 한 번 망가진 무릎 연골은 재생되지 않기에 평소에 관리를 잘해야 한다.

나는 어머님들에게 무릎 연골이 닳은 이유를 상세하게 설명해 주고 치료 뒤에 필요한 재활 운동에 대해서도 강조한다. 이것은 효율적인 치료를 위해서는 필수다.

그런데 어떤 어머님은 수줍어서, 혹은 미안해서 증상에 대해 말하지 못하는 분들이 간혹 있다. 그런 분들을 만나면 먼저 마음의 상처를 치유해주려고 애를 쓴다. 그때 필요한 것이 바로 따뜻한 손이다.

어떤 때는 아예 묵묵부답이시다. 말을 안 하시려는 게 아니라. 심리적으로 위축되거나 속내를 내보이기 싫어서이다.

"어머님, 미안해하지 않으셔도 돼요. 의사 아들에게 아픈 곳을 안 털어놓으면 누구한테 말씀하시려고요. 부담 갖지 마시고 편안하게 말씀하세요. 저는 당신의 의사 아들이에요. 어머님의 아픈 곳을 다 고쳐드리겠습니다."

내가 이렇게 말씀드리면, 나와 어머님 사이를 가로막고 있었

다섯번째 이야기

던 만리장성이 한순간에 다 무너져 내리고 소녀처럼 환하게 웃으시곤 그제야 혼자서 견디고 있었던 통증에 대해 모두 털어놓으신다. 그러면 나에게도 안도감이 찾아오고 치료를 잘 해드려야겠다는 책임감마저 생긴다. 이번 주도 한 어머님의 수술이 예정되어 있다. 수술이 잘 마무리되면 옛날처럼 잘 걸어 다니실 수 있게 될 것이다.

당신 생각으로 가슴이 미어집니다

강원도 인제에 계시는 옥수 어머님은 몇 년 전, 자동차 바퀴에 다리가 깔리는 교통사고를 당하셨다. 한눈에 봐도 그때의 사고가 얼마나 컸는지 알 수 있을 정도로 다리는 뼈만 남아있고 피부는 검게 변해 있었다. 게다가 교통사고 이후에도 치료를 제때 받지 못해 후유증에 시달리고 있었다.

성연 씨는 어머님의 다리 상태를 보고 울음을 참지 못하고 눈물을 연신 흘렸다.

"어머님, 정말 큰일 날 뻔하셨어요. 그런데 이런 몸으로 어떻게 험한 일까지 하세요."

감정을 추스르지 못했는지 어머님도 함께 눈물을 흘렸다. 나마저 울면 더 속상해하실까 봐 나는 애써 눈물을 안으로 삼켰다.

누가 어머님의 다리를 이렇게 만들었을까?

그런데 더 놀라운 건, 그런 아픈 다리로 건강한 사람도 오르기 힘든 험한 강원도 인제의 산길을 오르내리면서 나물과 약초를 캐서 팔아 생계를 유지하고 있다는 것이다. 일흔이 훌쩍 넘은 연세에 할 수 있는 일이 아니었다. 새삼 그 정신력에 놀라지 않을 수 없었다.

어머님에겐 그럴 수밖에 없는 사연이 있었다. 사고를 당하기 전, 아들과 함께 약초와 나물을 캤다. 그러던 어느 날 아들이 뇌출혈을 일으켜서 쓰러지고 말았다. 남겨진 손주들을 공부시키고 먹여 살리는 몫은 당연히 어머님에게로 돌아갔다.

"아들이 갑자기 뇌출혈로 쓰러져 드러눕고 말았지. 손주들을 내가 거두지 않으면 안 되었어."

나와 성연 씨는 가슴이 찢어질 듯 미어졌다. 성하지도 않은 다리로 밤마다 밀려드는 무릎 통증을 참고 견뎠던 건 놀라운 정신력 때문이었다. 그런 순간을 어머님은 온전히 혼자서 이겨내고 있었다.

그런데 사연은 그뿐만이 아니었다. 큰딸도 불의의 사고로 잃었다. 게다가 아들마저 뇌출혈로 쓰러지자 생을 포기하고 싶은 생각이 들었지만, 남은 손주들을 생각하면 차마 그럴 수가 없어서 자신이 산을 오르내리면서 약초를 캤다고 한다. 그런데 엎친데 덮친 격으로 자신도 그만 교통사고를 당하고 그 후에는 남편마저 세상을 떠나고 말았다. 하늘도 참으로 무심했다. 그럴수록 입술을 더 깨물었다. 절망한다고 해서 달라지는 것은 없다며 마음을 굳게 먹었다.

우리는 슬픔이 진하게 배인 얼굴을 보면서 가슴이 자꾸만 아팠다. 촬영을 마친 후에도 도저히 자리를 뜰 수 없었다. 그날 나는 어머님의 마음을 위로하기 위해 해가 다 지고 나서야 돌아왔다.

보름이 지난 후, 다리와 무릎 상태를 정확하게 진료하기 위해 직접 강원도로 달려가서 어머님을 서울 병원으로 모셨다. 진찰 끝에 수술을 결정했다. 뼈를 덮고 있는 약한 피부가 문제였는데 신경혈관을 건드리지 않고 수술하는 것이 상당히 어려웠지만 다행스럽게도 수술은 성공리에 끝났다.

이젠 남은 것은 재활이었다. 그것은 전적으로 어머니의 의지에 달린 문제였다. 수술이 성공적으로 끝났다고 해도 환자가 재활을 게을리하면 아무런 소용이 없다.

나는 어머님께 당부드렸다.

"어머님, 하루에 반드시 30분이라도 걷기 운동하셔야 해요."

그제야 얼굴에 미소가 번졌다.

"이런 고마움을 전해줬는데, 내가 누구여. 험난한 강원도 산을 오르내리면서 약초를 캐는 아낙네여. 그것은 아무 일도 아녀."

그제야 안심이 되었다.

더구나 병원 회진 중에도 어머님의 웃음소리는 매우 호탕해 간호사 선생님들과 환자들 사이에서도 유명했다. 즐거운 광경이었다.

나는 지금도 호탕하게 웃으시는 어머님의 얼굴을 잊지 않고 있다.

숨은 영웅들을 위하여

〈마냥 이쁜 우리맘〉 방송 프로젝트는 나 혼자 이끌어 가는 것이 결코 아니다. 시청자들의 열화와 같은 성원을 받을 수 있었던 것도 비가 오나 눈이 오나 전국을 돌면서 나와 함께한 스태프들의 노력 덕분이다.

나를 감동하게 한 건 그뿐만이 아니다. 우리 스태프들은 어머님들을 공경하는 건 물론, 효심 또한 지극하다. 이른 새벽부터 늦은 저녁까지 빡빡한 일정으로 인해 체력적으로 매우 힘든데도 불구하고 불평 한마디 없이 어머님들을 정말 친아들 딸처럼 살갑게 모신다. 게다가 촬영 준비에 한 치의 소홀함도 볼 수 없는 그들을 보면 절로 감탄사가 나온다.

촬영에서 가장 힘들고 어려운 건 급격한 일교차인데 특히 겨울이 너무 힘들다. 새벽엔 찬 바람이 싱싱 불다가도 오후에는 따뜻하고, 또 저녁에는 강풍이 몰아치기도 한다. 그로 인해 몸에 간혹 무리가 생겨 심한 몸살에 시달리기도 한다. 나도 그랬다. 하지만, 우리맘 어머님들의 살가운 미소를 대하면, 언제 그랬느냐는 듯이 다시 일상으로 돌아온다.

나는 그런 스태프들을 보면 한마디로 존경스럽다. 그런데 최근 날씨가 무척이나 추워 몇 분의 스태프들이 고통을 호소해 왔다.

온종일 무거운 카메라를 들고 촬영하다 보면 어깨가 빠질 정도로 아프고 발목도 시큰거린다. 그런 그들을 위해 촬영이 없는 날은 어깨, 허리, 무릎, 발목의 상태를 진찰하고 치료도 해주는데 간혹 증상이 심각할 때도 있다. 이런 일들을 겪으며 그들과 일 년 동안 함께 하다 보니 어느 순간부터 가족이 된 것이다. 그만큼 이 프로젝트는 나에게 의미가 있다.

심지어 서른 후반의 젊은 나이임에도 무거운 카메라를 짊어지고 오르내리다 보니 손목 관절이 좋지 않은 스태프도 있었다. 그대로 두면 상태가 더 악화가 될 것 같아서 나는 따로 병원으로 불러 통증을 조금이라도 가라앉힐 수 있는 운동에 대해서도 자세하게 설명해주었다. 울상이던 그 스태프는 언제 그랬냐는 듯 밝게 웃는다. 나는 그렇게 열 명이 넘는 스태프들을 일일이 치료해주기도 했다.

　다들 고생이 얼마나 많을까. 이른 새벽부터 촬영장에 나와 불평 하나 없이 자신들의 일을 묵묵히 해내는 그들이다. 그동안 늘 마음으로만 고마움을 전했지만, 앞으로는 더 적극적으로 표현해야겠다는 생각이 든다. 그들은 다름 아닌 〈마냥 이쁜 우리맘〉 프로젝트의 숨은 영웅들이기 때문이다.

뜨거운 환대

천안에 사시는 은자 어머님을 만나러 가는 길이었다. 간밤에 아파트 베란다 화분에 둔 국화 분재에서 활짝 꽃이 피었다. 올가을에 길을 걷다가 꽃집에서 우연히 발견한 분재였다. 잔뜩 꽃망울을 머금은 상태였는데 어찌 된 일인지 한꺼번에 꽃망울이 터지지 않고 하나씩 피어났다가 일시에 터진 것이다. 그걸 보자 기분이 무척 상쾌했던 차였다.

은자 어머님 댁에 도착하자 하얀 바탕에 파란 글씨로 쓴 플래카드가 언뜻 눈에 들어왔다. 스태프들과 성연 씨 그리고 마을 사람들이 나를 기다리고 있었다. 플래카드는 부녀회장님과 은자 어머니가 합심해서 만든 것이라고 한다.

"의사 아들 양혁재, 배우 딸 강성연 당신들의 사랑을 모두가 응원합니다."

나와 성연 씨의 사진이 찍힌 플래카드를 보자 가슴이 뭉클해졌다. 지금까지 〈마냥 이쁜 우리맘〉 의료봉사를 다녔지만, 플래카드를 본 건 처음이었다.

"어머님, 어떻게 이런 환영식을 생각했나요? 정말 고마워요."

"먼 길 오느라고 얼마나 수고하는데 이 정도는 해야지. 더군다나 텔레비전에도 나오는데."

동네는 장터인 양 시끌벅적했다. 전문의가 된 후, 메드렉스병원을 개원했을 때 새 가운을 입고 찍었던 사진이 플래카드에 새겨져 있었다. 어떻게 그걸 아시고 저렇게 붙여놓으셨을까? 하여튼 기분이 참 좋았다.

나와 성연 씨는 마을 주민들과 은자 어머님의 깜짝 이벤트에 몸 둘 바를 몰랐지만, 그 플래카드 앞에서 사진을 찍었다. 성연 씨도 뛸 듯이 좋아했는데 이런 영상은 개인 SNS에 올려야 한다며 인증샷을 찍었다. 그로 인해 시청률이 일시적으로 급상승하기도 했다. 정말 뜻밖의 환영식이었다.

사실, 은자 어머님의 무릎 상태는 서 있기조차 힘든 상태였다. 그런 상황이었는데도 플래카드를 준비하신 것이어서 너무나 고마웠다. 그것은 그 어떤 것과도 비교조차 할 수 없는 행복한 선물이었다.

나는 어머님의 건강 상태를 진찰했다. 약간의 고혈압과 당뇨로 인해 몸이 매우 좋지 않았다. 게다가 무릎은 혼자서는 보행할 수 없을 정도로 심각했다. 그럴수록 나는 다짐했다. 내게 이토록 큰 선물을 주신 은자 어머님을 힘닿는 데까지 치료해드리겠다고.

그날 진료를 마치고 어머님을 돕기 위해 하루 농부가 되기로 작정했다. 마당에 정리되지 않은 농기구들을 깨끗하게 정리한 뒤 일손을 도왔다.

어머님의 꿈은 자녀와 손주들과 함께 여행을 다니는 것이다. 거짓말처럼 들리겠지만, 지난 10여 년 동안은 다리가 아파서 단 한 번도 다른 도시에는 가 보지도 못했다는 것이다.

"설악산도 가 보고 싶고 부산도 가 보고 싶은데 다리가 아파서 나 혼자 갈 수가 없으니 이게 사는 건가 싶어."

나는 그 이야기를 듣자 가슴이 아팠다. 요즘은 해외여행도 마음대로 가는데 우리나라도 여행하지 못하는 어머님들이 있다는 사실이 믿기지 않았다. 그만큼 살기에 바빴기 때문일 것이다.

나는 은자 어머님의 꿈이 반드시 이루어질 수 있도록 해드려야겠다고 그날 마음을 먹었다.

며칠 후 병원에 오셨는데 꽤 수척한 얼굴이었다. 그동안 무릎 통증으로 인해 무척 힘드셨던 것 같다. 진료를 마치고 인공관절 수술을 결정한 뒤 수술에 들어갔다. 성공적이었다.

입원실에서 만난 어머님의 얼굴은 예쁜 소녀처럼 보였다.

"나, 이제는 여행갈 수 있지? 정말 고마워. 꿈인지 생시인지 모르겠어."

"그렇고 말고요. 제주도와 울릉도에도 갈 수 있어요. 지금부터라도 열심히 다니세요."

그제야 은자 어머님이 활짝 웃었다. 나비가 날아서 국화꽃에 앉아 있는 것 같았다.

의료봉사는 나만의 즐거움이다

나를 잘 아는 사람들은 가끔 이렇게 묻곤 한다.

"원장님 대단하세요. 매주 지방으로 내려가시면 정말 힘드실 텐데요."

하긴 월요일부터 금요일까지 잠시도 쉴 틈 없이 외래 진료와 각종 시술과 수술까지 진행하고 나면 몸은 거의 녹초가 된다. 그래도 주말이면 어김없이 피곤한 몸을 이끌고 〈마냥 이쁜 우리맘〉 어머님들을 뵈러 간다.

아무리 젊다고 해도 체력적으로 무리가 오는 것은 사실이지만 전국에서 나를 손꼽아 기다리는 어머님들이 계신 것을 생각하면 그럴 틈도 없다. 그동안 경상도, 전라도, 충청도, 강원도 할 것 없이 다닌 거리를 헤아리면 아마 지구를 몇 바퀴 돌고도 남았을 것이다.

처음 〈마냥 이쁜 우리맘〉 프로젝트를 시작했을 때는 심리적인 부담감도 적지 않았다. 혹여 병원과 가족에게 피해를 주는 것은 아닌지, 행하지도 못할 일을 괜히 내가 시작한 것은 아닌지, 만감이 교차했다.

그러나 프로젝트를 시작하고 몸이 아픈 어머님들을 한 분씩 뵙고 나니 그런 생각들은 이내 사라졌다. 횟수가 늘어갈수록 부담감은 사명감으로 바뀌게 되었다.

더구나 병원에만 갇혀서 환자들만 진료했던 나에게 이 프로젝트는 신선한 삶의 활력소가 되었고 세상을 바라보는 넓은 시야를 주었다. 이를테면, 의사의 길이 무엇이며 어떻게 세상을 살아가야 하는지를 가르쳐 주었던 것이다.

만약, 나에게 이 프로젝트가 없었다면, 내가 아름다운 농촌의 사계를 어떻게 경험할 수 있었겠는가. 그로 인해 삶의 진정한 의미를 알았다고 해도 과언이 아니다.

경험하지 못한 사람들은 알지 못할 것이다. 몸은 피곤하지만, 이른 새벽에 차를 몰고 달려가면 마을 입구에서 어머님들은 불편한 몸으로 나를 안으면서 반갑게 맞이하신다. 심지어 기뻐서 우시는 분들도 계신다. 그럴 때면 피곤했던 몸과 마음도 언제 그랬느냐는 듯이 이내 상쾌해진다. 이것이 바로 기쁨이다.

그런데 이상한 것은, 어머님들을 주말에 뵙고 서울로 돌아가면 나도 모르게 또 새로운 한 주를 맞이할 힘이 생긴다는 것이다. 그렇게 어머님들을 한 분 한 분 뵙고 일손을 돕고 치료와 수술을 병행하는 동안 어느새 2년이라는 세월이 후다닥 지나가 버렸다.

한 번은 나이 드신 환자분이 내게 이렇게 말했다.

"우리 원장님, TV에서 보는 것보다 실물이 훨씬 잘 생겼네요. 아니 원장님은 쉬시지도 않으시나 봐요. 방송을 보니까 동에 번쩍, 서에 번쩍하시던데 힘들지 않으세요? 정말 좋은 일 많이 하시네요."

그때 다른 분이 말을 얹었다.

"슈바이처 박사가 따로 없어요. 우리 원장님이 바로 슈바이처 박사야. 국가에서 할 일을 우리 원장님이 솔선수범하시잖아. 훈장을 몇 개나 줘도 모자라."

그 말을 듣고 나는 이렇게 대답했다.

"고맙습니다. 하지만 아니에요. 오히려 제가 주말마다 어머님들로부터 사랑을 받고 매일 큰 힘을 얻어요. 칭찬을 들으려고 하는 일도 아니고 상을 받기 위해 봉사하는 것도 아닙니다. 무엇보다 어머님들이 저를 보면 반가워해 주시고 아껴 주시고 얼마나 사랑해 주시는지 그것만으로도 저는 행복해요."

그 환자분은 내 말을 듣고 고개를 끄덕이시고는 엄지를 치켜세우시면서 진료실을 나갔다. 그럴 때마다 마음이 뿌듯하다.

민들레 홀씨에 소망을 담아

나는 〈마냥 이쁜 우리맘〉 어머님들을 만나면 가슴이 먹먹해지고 나도 모르게 눈물이 날 때가 많다. 그러나 어머님들이 그 눈물을 볼세라 얼른 손등으로 닦지만 이내 들키고 만다. 그럴 때마다 오히려 어머님들이 나를 격려한다.

"아들, 괜찮아. 울지마."

사랑이란 바로 이런 것이 아니겠는가. 아무리 내가 염려한다고 해도 그런 어머님들의 마음을 다 헤아릴 수는 없다. 그러나 마음이 아픈 것은 어쩔 수 없다.

한 번은 〈마냥 이쁜 우리맘〉 어머님들을 만나러 가다가 농가의 한 모퉁이에 피어 있는 민들레 홀씨를 만났다. 그 순간 나는 가수 박미경의 '민들레 홀씨 되어'라는 노래가 떠올랐던 적이 있다.

달빛 부서지는 강둑에 홀로 앉아 있네.

소리 없이 흐르는 저 강물을 바라보며

가슴을 헤이며 밀려오는 그리움

우리는 들길에 홀로 핀 이름 모를 꽃을 보면서

외로운 맘을 나누며 손에 손을 잡고 걸었지.

산등성이의 해질녘은 너무나 아름다웠지.

그날의 두 눈 속에는 눈물이 가득 고였지

어느새 내 마음 민들레 홀씨 되어

강바람 타고 훨훨 내 곁으로 간다.

그랬다. 나는 나른한 봄빛에 홀연히 피어 있는 민들레 홀씨를 바라보다가 그 노래가 생각났던 것이다. 왜 그랬을까? 어쩌면 우리 어머님들의 삶이 민들레 홀씨와 닮았다는 생각을 했던 것 같다. 자식들을 키워서 민들레 홀씨처럼 하나씩 떠나보내고 홀로 남겨진 삶. 그것이 바로 우리 어머님들의 인생이었다.

나는 그날 민들레 홀씨를 손에 들고 입으로 '후' 불면서 소원을 빌었다.

'민들레 홀씨야. 우리 어머님들이 지난 과거를 훌훌 털어내고 깊은 슬픔에서 벗어나 앞으로는 아프시지 않고 행복하게 살게 해 다오.'

나는 봄바람에 실려 어디론가 날아가는 홀씨를 바라보면서 마음속으로 나의 소원이 이루어지기를 간절히 빌면서 어머님들에게 전하는 편지를 썼다.

〈마냥 이쁜 우리맘〉 어머님들에게

어머님, 이제는 걱정하지 마세요.

의사 아들 양혁재가 있잖아요.

세상의 모든 풍파를 온몸으로 맞아낸 우리네 어머님들.

희고 고운 손이 모두 검게 변할 때까지,

백발이 성성할 때까지 당신이 아닌

오직 자식들만 바라보고 살아왔던 우리네 어머님들.

먹고 싶은 것 참고, 입을 것 못 입고,

하고 싶은 것 억눌러가며 악착같이

돈을 벌고 또 모아왔던 지난 세월들.

자신의 것 하나 남겨놓지 않고 모두 자식들에게 내어주고

남은 것은 여기저기 아우성인 몸뿐.

허리부터 무릎까지 어느 하나 성한 곳 없지만

행여나 자식들에게 짐이 될까 봐

부담을 주는 것은 아닐까 그것부터 염려하며

그저 홀로 집에서 통증을 참아내며 시간을 보냅니다.

"아프다." "병원에 데려가 다오."

그 한마디면 되는데…….

자식들에게 도움이 되지는 못할망정

오히려 해가 되고 싶지는 않다며

어떻게든 참아내는, 홀로 감내하는

우리네 어머님들을 생각하면

저도 모르게 눈물부터 앞섭니다.

자식들에게는 기댈 수 없는,

그래서 홀로 모든 통증을 참아낸 우리네 어머님들에게

저는 큰 힘이 되어드리고 싶습니다.

더 이상 혼자 힘들어하시지 않도록,

새롭게 만나게 된 의사 아들에게

의지하고 기대실 수 있도록 제가 나서겠습니다.

하루가 다르게 더해지는 통증 때문에 괴로운

우리네 어머님들.

이젠 걱정하지 마세요.

어머님들 곁에는 세상에서 가장 든든한 아들,

양혁재가 있으니까요.

의사 아들이 당신들의 편이 되어

세월 속에 망가진 몸과 마음을 모두 살펴드리겠습니다.

그러니, 걱정하지 마세요.

과거는 흘려보내시고 지금부터는 의사 아들만 믿어주세요.

들어주는 것만으로도 힘이 된다

〈마냥 이쁜 우리맘〉 프로젝트를 진행하면서 기억에 남는 에피소드도 많이 있었다. 대상자를 선정하는 데는 방송 홈페이지에 올려진 사연들을 많이 참조한다. 한 번은 이웃에 사는 분의 추천으로 전화로 상담하고 개인적으로도 허락을 받았다.

그런데 정작 촬영팀이 내려갔을 때는 어떤 이유인지 도통 얼굴조차 내비치지 않았다. 자신의 구차한 모습이 방송에 나가는 것이 싫고 오히려 자식들에게 해가 될 수 있다는 것이 그 이유였다. 오죽하면 그럴까 싶었다.

낭패였다. 나는 어머님에게 방송 취지를 알리고 무엇보다 병든 몸을 치료하는 것이 목적임을 알린 뒤에야 겨우 허락받았다. 그 어머님의 마음은 오랫동안 굳게 닫혀 있었다. 심지어 자식들과의 연락은 물론, 마을 사람들과의 왕래도 거의 없었는데 무릎 관절이 혼자서는 걸을 수 없을 정도로 심한 염증에 노출되어 있었기에 그대로 두면 위험에 빠질 수도 있었다.

그분은 일찍이 남편과 사별하고 자식들도 도시로 나가서 연락조차 되지 않는 상황이었고, 농사를 조금 짓고 겨우 몇십만 원의 노령연금으로 근근이 생활을 유지하고 있었다. 그나마도 혼자 걸을 수가 없어서 좀처럼 집 밖으로도 나오시지 않았다.

나는 치료하자는 말을 꺼내지 않고 먼저 어머님의 우울했던 마음을 돌리기 위해 온갖 재롱을 다 피웠다. 그러자 마침내 웃었다. 그리고선 어머님은 자신이 살아왔던 세월 속의 한 많은 이야기들을 하나씩 꺼내셨다. 차마 눈물 없이는 들을 수 없는 기막힌 사연이었다. 얼마나 말이 하고 싶었으면 세 시간이 넘게 혼자서 말씀하셨을까?

나는 가만히 듣고만 있었다.

"나도 옛날에는 꿈 많은 소녀였어. 당시만 해도 부잣집에 시집을 왔지. 그런데 먼저 가 버린 저 영감탱이가 바람을 어찌나 많이 피우고 그것도 모자라서 허구한 날 도박하느라고 재산을 다 말아먹고 말았어. 그러고는 아들, 딸 넷을 남겨놓고 훌쩍 세상을 떠나버렸어. 그래도 어째, 내가 퍼질러 놓은 자식들은 내 손으로 길러야지. 그러다 보니 내 몸이 이 지경이 되고 말았어."

그동안 말하지 못했던 사연들을 어머님은 내게 막 쏟아 놓으시면서 한숨을 쉬다가 때로는 하얀 이를 드러내고 웃었다. 나도 맞장구를 쳤다.

"그러게요. 얼마나 힘드셨겠어요."

어머님의 마음은 한 많은 세월의 연속이었다. 울고 또 울어도 풀리지 않는 가슴속의 응어리를 그날 모조리 토해내시는 듯했다. 그 괴로움이야 오죽했으리라 싶었다.

그렇다. 병든 몸을 치료해주는 것도 중요하지만, 상처 받은 마음을 먼저 치유하는 것이 급선무였다. 이것이 바로 내가 어머님의 말을 끝까지 들어주는 이유였다. 마음의 문을 조금씩 연 어머님은 치료에도 잘 응해주셨다. 어머님은 무릎 연골이 거의 닳아서 인공관절을 넣는 수술을 해야만 걸을 수 있었다.

나는 그길로 어머님을 직접 서울로 모셔 와서 수술해드렸다. 어머님은 수술을 마친 뒤 혼자 병원을 나서면서 나에게 이렇게 말씀하셨다.

"아들, 이젠 울지 마. 나도 울지 않고 행복하게 살 거야."

나는 어머님의 뒷모습을 바라보면서 또다시 눈물을 훔치고 말았다.

사람의 마음을 여는 것에는 여러 방법이 있다. 때로는 그저 들어주는 것만으로도 상처가 치유된다는 것이다. 나 역시 힘든 일이 있을 때 아내에게 말하는 것만으로도 괴로움에서 빠져나갈 힘이 생긴다.

〈마냥 이쁜 우리맘〉 어머님들도 마찬가지다. 그저 내게 자신의 아픈 과거를 털어놓는 것만으로도 큰 위로를 받는다고 한다. 그럴 때 나는 큰 보람을 느낀다.

끝없는 봉사의 길

금요일 날에는 일찍 잠자리에 들기 위해 평소보다 빠르게 퇴근한다. 어떤 사람들은 불타는 금요일 밤이라고 즐거워하지만 나는 예외다. 새벽이면 〈마냥 이쁜 우리맘〉 어머니들을 만나러 달려가야 하기에 컨디션 점검은 필수이다.

나의 이런 행보에 대해 아내도 내심 짜증이 날 것이다. 나 역시도 가족과 이야기를 나누며 여유로운 금요일 저녁을 보내고 싶지만 어쩔 수 없다. 더구나 지인들과의 약속조차 잡을 수 없는 건 물론, 주말이 거의 없어서 처음 한두 달간은 무척이나 적응하기가 힘들었다. 무엇보다도 체력도 바닥이었다. 그런 나를 보고 아내가 걱정하는 것은 당연하다.

"당신 그러다가 몸 상하겠어요."

"괜찮아요. 몸은 피곤하지만, 우리 어머님들을 보면 기분이 좋고 보람도 있어요."

다른 남편들은 집안일을 돕거나 설거지와 빨래도 하지만 의사에겐 환자를 치료하는 것만으로도 벅차다. 그래도 가끔은 아내에게 잘 보이고 싶어서 집안일을 도왔었다. 하지만 〈마냥 이쁜 우리맘〉 프로젝트를 시작하고부터는 집안일에는 도무지 신경 쓸 틈이 없었다.

그런데도 아내는 나의 이런 마음을 잘 이해해 준다. 참 착한 사람이다. 평일에는 환자들을 진료하느라고 몸이 피곤할 텐데 그것도 모자라서 주말을 반납하고 먼 길을 나서는 남편의 건강을 늘 걱정했다.

남들 같으면 남편을 내조하면서 즐거운 날을 보내면서 행복하게 보낼 수 있을 텐데 말이다. 하지만 그럴 수밖에 없다. 아내는 만류한다고 되지 않는다는 것을 잘 안다. 내 고집도 만만찮다.

동이 트지 않은 토요일 새벽마다 계속 누워 있고 싶은 유혹이 밀려오지만, 나를 기다리고 있는 우리 어머님들을 생각하면 차마 그럴 수가 없다. 이것은 나와의 약속이자 어머님들과의 약속이다.

촬영 때문이기도 하지만 우리 어머님들을 만나기 위해서는 단정한 옷은 필수이고 그밖에도 준비해야 할 것이 많다. 평소에는 대충 면도하고 출근하지만 그럴 수가 없다. 밖에서 일하는 경우

가 많기 때문에 자외선 차단제를 바르고 작업용 장갑을 챙긴 뒤에야 차에 오른다.

여름처럼 따뜻한 날씨라면 괜찮지만, 날씨가 조금이라도 궂으면 찬 공기 때문인지 자동차 안에는 냉기가 흐른다. 핸들을 잡으면 손바닥이 차갑다. 별수 없이 히터를 틀고 음악을 듣는다.

한참 고속도로를 달리다 보면 한낮에는 보지 못했던 풍경들을 마주칠 때도 있다. 먼 산과 강, 안개 낀 도로와 다리 위를 지날 때도 있다. 어떤 때는 아름다운 일출을 볼 때도 있다. 이것들은 나만이 가지는 즐거움이기도 하다. 그럴 때면 으레 입안에서 노래가 흥얼흥얼 흘러나온다.

때로는 고속도로 휴게소에서 화물차와 고속버스 기사님들을 볼 때도 있다. 이른 새벽 가족을 위해 쉬지 않고 목적지를 향하는 그분들을 바라보면 존경심이 생긴다. 그분들이 있기에 이 세상이 돌아가는 것이다. 나는 그분들을 보면 더 열심히 살아야겠다고 생각하기도 한다.

내가 〈마냥 이쁜 우리맘〉 프로젝트를 실천하면서 느낀 것은 '직업에는 귀천이 없다.'는 것이다. 농부들은 물론, 시장의 상인들과 보이지 않는 곳에서 묵묵히 자신의 일에 최선을 다하시는 분들을 많이 만난다. 그들에게서 느낀 것은 '겸손'과 '예의'였다. 말하자면 우리 사는 세상은 보기보다 아름답다는 것이다.

내가 우리 어머님들에게 더 잘해드리겠다고 마음먹은 것도 이 때문이다. 애지중지 자식들을 키우기 위해 자신의 건강은 아랑곳하지 않고 일한 까닭에 몸이 병든 것이다. 그런 점을 자식들은 모른다. 아니 알 리가 없다. 나는 그런 어머님들을 위해 한 분이라도 더 진료하고 치료하기 위해 길을 나선 것이다.

설사 그 길이 해남의 땅끝마을일지라도 나는 달려가야 한다. 그래도 나는 괜찮다. 아직은 젊기에. 아니 내가 만나야 할 〈마냥 이쁜 우리맘〉 어머님들이 기다리고 있기에 이 새벽을 달려가고 있는 것이다.

다섯번째 이야기

가족들의 사랑이 있기에

토요일 이른 새벽, 〈마냥 이쁜 우리맘〉 어머님들을 만나러 가기 위해 잠 속에서 깨어났더니 부엌에서 연신 바스락거리는 소리가 났다. 아내였다. 진료하느라 병원에서 늦게 돌아온 남편이 안쓰러웠는지 간단하게 마실 것을 마련하는 중이었다. 사실, 간밤에 아무것도 먹지 못하고 그대로 잠 속에 빠져들었었다.

"서울에서 전라남도는 먼 길이니 운전 조심하세요."

그날따라 아내가 할 말이 있는지 자꾸 내 앞에서 머뭇거렸다. 그리고 보니 지난 몇 달 동안 평일에는 진료, 주말에는 촬영 때문에 아내와 제대로 대화를 나누지 못했었다.

"어제 둘째가 아빠와 함께 캠핑 가고 싶다고 했어요."

사실, 프로젝트를 시작하고부터는 초등학생인 둘째 아들과 함께 보낼 시간이 거의 없었다. 첫째는 그래도 의젓해서 아빠가 의료봉사하는 것에 대해 뿌듯하게 생각하고 있었다.

남들은 주말이면 함께 야구장을 간다든지 영화를 보거나 맛있는 것을 먹으러 간다지만, 우리 가족들은 지난 2년 동안 그런 시간을 제대로 갖지 못했다. 나는 입이 열 개라도 아내와 아이들에게 할 말이 없었다.

"미안해요. 당신이 잘 달래줘요."

아내가 입을 오물거렸다.

"그래도 한 번쯤 촬영 일정을 미룰 수는 없을까요. 금요일 저녁이면 아빠와 놀고 싶다고 떼를 쓰는데 달래기가 참 힘드네요."

"스태프들과 한번 일정을 조정해 볼게요."

아내와 짧게 대화를 나누고는 서둘러 자동차를 몰았다. 먼 길이어서 서둘러야만 했다. 길을 달리는 동안 아내의 말이 마음속에 자꾸 걸렸다.

'내가 가족들에게 너무 소홀했던 것일까?'

갑자기 가족들에게 미안한 생각이 파도처럼 밀려왔다.

병원에서 환자들을 치료하는 것만으로도 일정이 빠듯한 데다가 촬영으로 인해 가족들에게 신경을 그다지 쓰지 못했던 것은 사실이었다. 그러다 보니 아내를 고생시키는 것 같아서 마음이 늘 편하지 못했다.

그나마 평일에는 가끔 일찍 일어나 설거지를 돕거나 늦은 밤에는 졸음을 참아가며 손에 고무장갑을 낀 적도 더러 있었지만, 그것은 아내에 대한 고마운 마음을 전하는 것일 뿐 아이들에겐 전혀 도움이 되지 못했다. 그러다가 오늘 아침 뜻하지 않게 아내를 통해서 초등학생 아들의 투덜거림을 듣게 된 것이다.

어쩌면 당연한 일인지도 모른다. 그 아이가 내 마음을 어떻게 알겠는가.

'아내의 말대로 한 달에 한 주만이라도 스태프들과 일정을 조정하면 안 될까?'

하지만 그건 꽉 짜여 있는 방송 일정상 현실적으로 불가능한 일이었다. 그렇다고 가족들의 부탁을 외면만 할 수도 없었다. 갑자기 가슴이 답답해졌다.

그날, 촬영을 마치고 돌아가는 길에 아내에게 전화를 걸었다.

"내가 아이들에게 신경을 좀 더 쓸게. 미안해."

주말마다 내가 의료봉사하는 동안 아이들을 키우느라고 힘든 아내에게 미안한 생각이 자꾸 밀려들었다.

전화를 끊고 난 후 하늘을 쳐다보았다. 저녁놀이 서산으로 넘어가고 있었다.

'하나님, 저에게는 우리 아픈 어머님들을 위해 아직도 해야 할 일이 많이 남아 있어요. 저에게 용기를 주세요.'

아니, 하나님은 분명히 나에게 힘을 주실 것이고 아내도 나의
뜻을 이미 알고 있을 것이다. 나는 그날 집으로 돌아와 아내에게
남길 한 편의 시를 썼다.

사랑이니까요

군이 사랑이라고 말하지 않아도
그대의 눈빛으로 나는 그대를 읽네.

의료봉사 가는 먼 길에
바람이 몹시 불거나 눈비가 내리거나
안개가 흐릴 때
그대의 마음이 흔들린다는 것을,

그래도 걱정하지 마세요.
언제나 내 곁엔
그대와 하나님이 있으니까요.

다섯번째 이야기

어머니에게 행복을 다시 주고 싶다

내가 의료 사각 시대에 놓인 오지에 의료봉사를 나선 것은 남들로부터 칭찬받기 위함은 절대로 아니다. 레지던트 시절, 오지에서 만난 어머님들이 심각한 노인성 질환으로 고통받고 있는 것을 직접 목격했기 때문이다.

당시 어머님들은 심한 노동으로 인한 퇴행성관절염과 통증으로 걷지 못하는 분들이 꽤 있었다. 하지만 초보 정형외과 의사가 할 수 있는 일이란 그저 통증을 완화시키는 일시적인 처방만 해줄 뿐 아무것도 할 수 없었다.

그때 나는 다짐했었다.

'내가 의학을 좀 더 배우고 익혀 유능한 정형외과 의사가 되면 그때 다시 돌아오리라.'

그리고 20여 년이 훌쩍 흘렀다. 우연히 〈마냥 이쁜 우리맘〉 프로젝트를 OBS 경인 TV로부터 제안받고 나는 그 어떤 고민도 하지 않고 받아들였다. 이런 기회가 또 어디에 있겠는가?

현재 의료보험공단 발표에 따르면 우리나라 60세 이상 어르신 중 80% 이상이 퇴행성 관절염을 앓고 있거나 척추에 이상이 있다고 한다. 물론, 어르신들의 대부분은 치료와 수술을 통해 회복될 수 있으나 오지 등 의료 사각지대에 있는 어르신들은 그대로 고통을 안고 살고 있다는 것이 문제이다.

그래서 나는 지난 2년 동안 주말이 되면, 오지로 떠나 고통받고 계시는 어머님들을 치료하게 되었다.

하지만 오지의 어머님들은 자신의 병이 어디에서 시작되었고, 어떻게 생기게 되었는지 그 원인을 전혀 몰랐다. 나이가 들면 으레 찾아오는 병인 줄로만 알고 있었다는 것이다. 나는 어머님들에게 정작 필요한 것은 치료와 수술이 아니라 우선 마음의 병을 치유하는 것임을 뒤늦게 깨달았다.

그래서 어머님들의 양아들이 되기로 마음을 먹고 생활 깊숙이 들어가게 되었다. 그리고 알게 되었다. 우리 어머님들이 얼마나 대단하신지.

마지막으로 메드렉스병원 식구들과 아내에게 고맙다는 말을 전하고 싶다.

어머니의 꿈

들판 위에 핀 이름 모를 꽃처럼

산들바람 속에서 미소 짓고 있는 어머니

그 손길은 부드럽고 온화하여

이해와 사랑으로 따스하게 나를 감싸 주시네.

영원히 변하지 않고 반짝이는 별빛처럼

아름다운 순간들을 꿈꾸는 행복이네.